K INK INK INK INK INK INK
INK INK INK INK INK INK I
K INK INK INK INK INK INK
INK INK INK INK INK INK I
K INK INK INK INK INK INK
INK INK INK INK INK INK I
K INK INK INK INK INK INK
INK INK INK INK INK INK I
K INK INK INK INK INK INK
INK INK INK INK INK INK I
K INK INK INK INK INK INK
INK INK INK INK INK INK I
K INK INK INK INK INK INK
INK INK INK INK INK INK I
K INK INK INK INK INK INK
INK I K INK INK I
K INK INK INK INK
INK I K INK INK I
K INK INK INK INK INK INK
INK INK INK INK INK INK I
K INK INK INK INK INK INK
INK INK INK INK INK INK I
K INK INK INK INK INK INK
INK INK INK INK INK INK I

INK INK INK INK INK INK
K INK INK INK INK INK INK
INK INK INK INK INK INK
K INK INK INK INK INK INK
INK INK INK INK INK INK
K INK INK INK INK INK INK
INK INK INK INK INK INK
K INK INK INK INK INK INK
INK INK INK INK INK INK
K INK INK INK INK INK INK
INK INK INK INK INK INK
K INK INK INK INK INK INK
INK INK INK INK INK INK
K INK INK INK INK INK INK
INK INK INK INK INK INK
K INK INK INK INK INK INK
INK INK INK INK INK INK
K INK INK INK INK INK INK
INK INK INK INK INK INK
K INK INK INK INK INK INK
INK INK INK INK INK INK
K INK INK INK INK INK INK
INK INK INK INK INK INK
K INK INK INK INK INK INK

K INK INK INK INK INK INK
INK INK INK INK INK INK I
K INK INK INK INK INK INK
INK INK INK INK INK INK I
K INK INK INK INK INK INK
INK INK INK INK INK INK I
K INK INK INK INK INK INK
INK INK INK INK INK INK I
K INK INK INK INK INK INK
INK INK INK INK INK INK I
K INK INK INK INK INK INK
INK INK INK INK INK INK I
K INK INK INK INK INK INK
INK INK INK INK INK INK I
K INK INK INK INK INK INK
INK INK INK INK INK INK I
K INK INK INK INK INK INK
INK INK INK INK INK INK I
K INK INK INK INK INK INK
INK INK INK INK INK INK I
K INK INK INK INK INK INK
INK INK INK INK INK INK I
K INK INK INK INK INK INK
INK INK INK INK INK INK I

INK INK INK INK INK INK
NK INK INK INK INK INK IN
INK INK INK INK INK INK
NK INK INK INK INK INK IN
INK INK INK INK INK INK
NK INK INK INK INK INK IN
INK INK INK INK INK INK
NK INK INK INK INK INK IN
INK INK INK INK INK INK
NK INK INK INK INK INK IN
INK INK INK INK INK INK
NK INK INK INK INK INK IN
INK INK INK INK INK INK
NK INK INK INK INK INK IN
INK INK INK INK INK INK
NK INK INK INK INK INK IN
INK INK INK INK INK INK
NK INK INK INK INK INK IN
INK INK INK INK INK INK
NK INK INK INK INK INK IN
INK INK INK INK INK INK
NK INK INK INK INK INK IN
INK INK INK INK INK INK
NK INK INK INK INK INK IN

馬森小說集⑧

府城的故事

編輯弁言

一派自持與溫雅的文風，字如其人，看似沒有激揚之情，但其內省與自覺的泉源，卻是汩汩湧升無休。馬森所創作的文學，是要不斷掘深那窪拋棄傳統禮教束縛、脫離西方宗教原罪觀後，個人自由與存在意義的活井。

視似卡繆《異鄉人》人際疏離、缺乏社會實存感的莫名所以；也像卡夫卡的《變形記》，將想像附生於動物，拉低人的位階正視生物本質；也有湯瑪斯曼《魔山》中說理論辯的形式，由陷於困境的角色直抒胸臆。在馬森的小說語法中，不難看見西方現代主義與存在主義的哲理邏輯，使其文本透顯不同於其當代小說的興味，不論在形式及題材上，表現出濃烈的前衛實驗性格。

最早的《巴黎的故事》，以人類學田野調查之心，就文學之筆寫成，竟能擴及不同膚色的族群，堪稱現代文學中極難得見的異鄉底層人物的生活面貌實境；反應其巴黎生涯的《生活在瓶中》，則企圖追隨意識的流動，觀照「反省」與「解悟」對人的意識所產生的作用。《北京的故事》以中國文革為背景，是寓言，也是殘酷劇場；《孤絕》即為Isolation，說出繁華現代社會中，個人心靈的荒瘠之感；《海鷗》思索背叛自然享有絕對自由的人類，所背負的重擔；最為人知的《夜遊》，則像是對年輕的靈魂投下了震撼彈般，「不要活過二十歲」，是怎樣惡狠狠的慘綠年少，是怎樣的對青春年華的眷慕啊！《M的旅程》以其擅長的象徵手法，外在變形、轉換時空，內心背離原鄉卻又負疚；《府城的故事》則終於回到台灣，一生漂流後，他選擇記錄台灣，已是老人的故事。

作家不免漸老，文字卻能代代如新，尤其經典之作，在當初時代或許並不被多數人接受，卻在時間推移後顯出其孑然風華。為免遺珠之憾，我們將整理「馬森小說集」八部作品出版，依寫作時間序列，讓讀者看到這位走在文學之河先端的作家，如何在齊河、濟南、北京、淡水、宜蘭、大甲、蘇澳、台北、巴黎、墨西哥、溫哥華、倫敦、台南的不斷播遷流離的生涯中，在中文、日文、法文、西班牙文、英文等不同的語境與文化範疇裡，創造出一個個不停想、不停看、不停要掙出人世重圍的人物，及他們的故事。如高行健所說：「畢竟是神遊的馬森，毫不戀棧，東方西方，來去自由，何等瀟灑！」毋論作家優游何處，那口源源不絕探求生命底線的深井，則會繼續留在他的小說裡，留在台灣，待讀者掬飲。

目錄

附錄

總序

過去所寫的小說，在長達三十多年的時光中，曾分別由多家出版社或出版公司出版（注），實在是太分散了。如今，這些已經出版過的小說和尚未曾結集出版的《府城的故事》一書，都委託印刻出版公司出版，看起來似乎成爲一系列的小說了。對作者而言，增添了紀念的情懷；對讀者而言，提供了尋書的方便。

我的專職本在教授和研究有關文學的諸課題，首先需要學術著作以符學府的期待；文學創作只是我的副業，但實際上卻可能花了我更多的心血。我常稱自己是一個週末作家，一週有五天獻給了學院，只剩下兩天供我自由運用，這兩天成爲我最寶貴的時間。當然，學院中較長的寒暑假，除去必要的旅行外，也平均分配在研究與寫作之上了。在我結集成書的創作中，劇作與少數的散文集以外，就數小說了。小說對我的吸引力與劇作一樣大，其實二者除了形式體制上的差別外，情節、人物、思想、修辭各方面有許多互通的地方，這正是爲什麼常常小說作家兼及劇作或劇作家兼及小說的原因。

有幸生活在一個動盪的大時代，可資寫入小說的題材俯拾皆是。然而問題不在題材，而在如何寫。文學史顯示出大時代不一定創造出偉大的作品，平常時代也不一定不會產生出色的小說，問題端在作者的識見和筆下的功力。拿破崙侵俄之戰固然促生了托爾斯泰的《戰爭與和平》，我國的八年抗戰，也算得了一個大時代，到目前卻還未出現亮目的鉅作。相反的，《紅樓夢》與《追憶似水年華》都產生在平常的日子，可見人生中無時不是創作的素材或源泉。

我一生在世界各地流徙不止，輾轉於亞、歐、美三大洲之間，持續經受著異文化的衝擊和挑戰，養成了對付外在環境的耐力，同時也使我有機會領略到異國風俗與語言的不同韻味，在深感不虛此生之餘，對我的寫作自然會增添一些顏色。

幼年頗受五四一代流風遺韻的薰陶，醉心於寫實主義，到了大學時代趕上二度西潮的現代主義，及至出國以後，又落入後現代主義的氛圍，因此在短短的數十年中，使我經受了西方幾近兩百年之久的文藝風潮。因此在學習的過程中，我曾做過種種的嘗試，總希望每一次的書寫都會有不同的風味與面貌。我自己覺得，我所寫的小說都是實驗性的作品，每一部似乎都沾潤了企圖完成某一種藝術構思的苦心。至於其中有沒有一種共同的風格，只有留給評論家去尋索吧！

二〇〇五年十二月二十日

注釋

所寫小說以時間為序，曾分別由台北寰宇出版社、香港大學生活出版社、台北四季出版社、台北聯經出版公司、台北時報出版公司、台北爾雅出版社、台南文化生活新知出版社、上海復旦大學出版社、北京人民文學出版社、台北明日工作室、台北麥田出版社、台北九歌出版社等出版。

〔自序〕與府城之緣

朋友們判定我命犯驛馬星，自己想想也確是如此，一生播遷無數，到如今是否就有定居之所，也很難說。人生本如白駒過隙，不論何處，都是過客。

其實，我從來沒有長遠的人生規劃，常常隨機而行，有時依從了當時的意願，但更多的時候乃出於機緣，連自己也沒有預料到的機遇忽然臨頭，於是又到了另一個城市。算來，從大陸到台灣，從台灣到歐洲，從歐洲到美洲，又從美洲回到歐洲，然後復歸台灣，誰知又再度回到美洲……如此繞行地球，反覆數回，可惜尚沒有能力飛到地球之外，只好侷限在地球之上往復，看來驛馬星的確主導了我的命運。

旅遊經過或臨時居住不過數月的地方不計，我所居留過的城市，像我的出生地齊河，青少年成長時代的濟南、北京、淡水、宜蘭，以及以後求學、任教的台北、大甲、柏臧松、巴黎、墨西哥、溫哥華、愛夢屯、維多利亞、倫敦等地，都沒有超過十年，只有台灣的府城例外，竟然居住了將近二十年，四分之一的生命在此潺潺流過，與此城的緣分委實非淺。

大學畢業後必經的服役時期，在鳳山集訓三個月後本來分發到台北的政工幹校，由於個人的政治潔癖，很怕與政黨牽惹上任何瓜葛，於是與他人交換到當時認爲比較單純的台南砲兵學校受訓，九個月後退役，拿到一紙砲兵少尉的證書。記得那時台南市還是個小城，星期日進城到赤崁戲院看一場電影，必須乘坐搖搖晃晃的公車穿過好大一片農田與郊野，才能抵達台南市區。如今，砲校的舊址早已在市區之內了。

一九八七年，厭倦了倫敦陰霾的冬天以及惦念年事已高的父母，決定辭去倫敦大學的終身教職回歸台灣，應聘的大學正是台南的成功，於是又再度來到府城。在成大整整教了十年，從一九八七年一直到一九九七年退休爲止。爲了配合系所的需要，退休後仍然繼續指導研究生的論文，而且兼任了兩門課，所以始終留住府城，不曾離開，直到二〇〇四年陪妻女遷居加拿大的維多利亞才又告一段落，前後算來有十八年之久。也是在府城，與母親最後的幾年守護在一起，可以晨昏定省，使我一生覺得豐足。我的第二度姻緣也締結於此，聰慧乖巧的小女兒在此城出世，影響了我以後的命運。

然而我並未完全離開府城，每年總有藉口再回到這裡，享受著府城的陽光和成大泳池的清涼之水，少則數月，多則半年，使自己覺得並沒有眞正離去。

府城是明鄭驅趕荷人之後漢人在台灣最早落腳的地方，保留了台灣最多的名勝古蹟，像安平古堡、億載金城、赤崁樓、開元寺、孔廟等，都是台灣獨一無二的一級古蹟和中國文化的具體表徵，爲台灣他城所未有。運河兩岸的天光水影景色宜人，古老的窄巷小路仍遺留著歷史的馨香，幾條有風鈴木的街道春天黃花盛放的時節也十分美麗。可惜由於一些台南市民的欠缺公德心以及台南市府的顢頇無能，公權力不彰，使古蹟蒙羞，連開元寺這樣的一級古蹟附近都整年垃圾成堆，蚊蠅飛舞。我家就緊鄰開元寺，雖然經常爲此而憤怒，而苦惱，不得不向市府的當權者大聲抗議，但迄無改善的跡象。然而，總覺得有一天遇到有爲的政府和眞正爲民服務而有宏觀眼界的官吏，開元寺也許可以像日本京都的寺廟一樣成爲古雅而清幽的觀光勝地，那時候我也會與有榮焉。我總是這麼期盼著。

我所居住過的城市，常常成爲我寫作的資源和背景，北京的經驗使我寫了《北京的故事》，巴黎的經驗使我寫了《巴黎的故事》和《生活在瓶中》，墨西哥的經驗使我寫了《墨西哥憶往》，加拿大的經驗使我寫了《孤絕》、《海鷗》、《夜遊》和《M的旅程》，府城，我住了這麼久的地方，當然也會帶給我某些靈感，於是有《府城的故事》漸次成形。我是一個在敘事藝術上絕不願重複自己的人，《北京的故事》不同於《巴黎的故事》或《生活在瓶中》，《墨西哥憶往》也絕不同於《巴黎的故事》與《北京的故事》；《孤絕》、《海鷗》、《夜遊》和《M的旅程》各有各的敘事形貌和情調風格。現在《府城的故事》，當然又希望追求另一種敘事的方式以及另一種氛圍、型態。

筆者已過中年，難免更加關懷高齡者的心態和處境，面對不可避免的人類共同前境，遂有前此未嘗在我作品中凸顯過的幾個重要主題。本書中的各篇雖然各自獨立，但其中的人物有所穿插，此篇中的陪襯，成爲他篇中的主人，也許因此可以顯現府城中的人際網絡，使短篇同時也有幾分長篇的意味。

我本是二十世紀的人，竟然進入二十一世紀，幸而仍然保有了清明和活潑的頭腦，足可迎接新的挑戰。文學人從爬格子到敲打鍵盤，平面媒體漸次爲網際網路和部落格所取代，人們面對電腦螢幕是否具有一卷在手一樣的愉悅？敘事藝術是否會從此成爲古董？我們只能拭目以待。但是，敘事即使成爲古董，仍不失爲藝術，還是值得文學人爲之傾心盡力的。

二〇〇八年二月二十八日於府城

迷走的開元寺

這寺院過去肯定來過，
恐怕還不止一次，
怎麼全無印象了？
最近幾十年的事情一日日從記憶裡淡去，
竟好像從未發生過的一樣。
到這個世界上走一遭，
與不曾來過，有何區別呢？

耶誕節剛剛過去，氣溫突然轉涼了。氣象報告的暖冬，未能延續，從攝氏二十度上下，驟降為十五度，對一向較為溫暖的南台灣，感覺上似乎已到了冬天。

袁教授穿上短大衣，戴上一頂半舊的毛線帽，開門走出去。袁太太急急地從廚房裡衝出來，在他身後大叫：「老頭！你要到哪裡去？」

「出去散散步唄，走不遠的！」袁教授側轉身來回答。

「天冷，別出去了。你看，我正佔著手，不能陪你。」

「誰要你陪？我還沒老到走不動路的地步！」

「可你別像上次一樣，走走走就找不到回家的路了，最後還要麻煩人家警察送你回來。」

「怎會呢？這一帶我熟悉得很。那次是走得太遠了啦！」袁教授一面說著一面很不耐煩地走出大門，把大門喀登一聲從外面帶上，留下滿頭白髮的袁太太皺著眉頭，瞠目站在玄關上，不知是憂，還是怒。

走出家門，有種解脫的感受。一出紅磚牆的小巷，就是寬闊的林森路，這是條好長的路，一邊是大學新建的大樓，飛翹的房脊，襯著蔚藍的天空，很有點氣勢。自從大學路在長榮路和林森路之間的一段打通之後，紅磚的人行道配上頗具匠心的路燈，走起來叫人舒服。另一邊是舉重館、公園，再過去是後甲國中，然後又是公園。好長的一片公園，在如今寸土寸金的都市中，是一種令人愉快的奢侈。袁教授越過馬路，走到公園的一邊。雖然天冷，公園裡樹木的葉子依然綠著，不像美國的冬天，多半的樹木到了這時節葉子都落光了。有一排羊蹄甲，還正開著紫紅的花朵；九重葛也開著紫色的花。紫色美得深沉，不免令人憂鬱。有人把機車騎到公園裡去。幾個老人圍在一堆下象棋，並不出聲，圍觀的人也一片啞然。有一陣，世界好像失去了聲音。袁教授面露訝異的神色左顧右盼，於是聽到了汽車飛馳而過的呼嘯聲，甚至聽到了枝頭小鳥的吱喳的低語，一絲不易察覺的笑容展現在他的面龐上，聽力仍然可用啊！腳下的路面在冷空氣中顯得特別灰白。美國這時該下雪了吧？落雪後的人行道得有人剷除，否則一旦結冰就滑溜難行。自己的門前雪，如不掃乾淨，一旦滑倒了行人，可要吃上官司啊！兒子他的感冒不知好了沒有？寫去的信已有兩星期多了吧？也不見回音！兒子，他長大了，就像換了一個人！在地板上流著口涎亂爬的小東西哪裡去了？背在背上用小小的拳頭搥著肩膀的小毛頭哪裡去了？穿著卡其制服背著沉重的書包的青年人哪裡去了？怎麼一眨眼都不見了？好像一個一個地死去，最後出現的那一個竟若是個陌生人！那一次坐了六小時的灰狗巴士從妹妹家回到兒子家，稀奇的是在吃晚飯的時間門竟然是鎖起來的，幸虧帶著鑰匙才不致關在門外。老伴打開冰箱，沒什麼吃的。兩人只好走半里路到一家麥當勞各自吃一個漢堡。

「你們實在太過分了吧？」

「你們沒說幾點回來。」兒子一臉無辜。

「電話上不是說了是今天嗎？如果你們不願準備晚飯也就罷了，人總要在家呀！大家可以開車出去吃。我們又沒車。居然鎖起門來！」

「Didn't I have the right to lock the door of my own house?」媳婦一句話擋下了任何繼續下去的抱怨。

紅燈，一個身材高大的老頭從小東路對面搶越燈號過來，對自己笑著說：「教授你好，出來散步啊？」「好啊！好啊！」這個紅光滿面的老頭是誰呢？錯身而過時才想起，噢，不就是那個娶了年輕的大陸妹的周教官嗎？難怪臉色這麼好！沿著林森路往前走，這般寬闊的道路有北京馬路的氣派。香雲表妹的病不知好些沒？不能跟老伴談論的話題讓人氣餒。也許應該再託劉天祥的老爸帶點錢或是什麼的去，也是一番心意，他每年都去北京的。那時她紮兩條細細的小辮，瞇瞇的眼睛總是帶著笑容。母親說她手腳俐落，脾氣又好，娶來做咱家的媳婦倒不錯。哈，雖是一句玩笑，想起來挺溫馨的，但不能拿來談論，竟有人會因此而懊惱，會發洩一大堆的酸話。

又是紅燈，這該是東豐路吧？從前這個路口總擺滿了涼椅、藤椅什麼的，現在季節不合，只有一輛賣柳丁的卡車停在那裡。十三斤一百元，太便宜了！果農怎麼生活呀？難怪沒人喜歡種田，不論是種稻，還是種水果。如今加入了WTO，農民的日子更不好過了。回頭要買他十三斤，榨柳丁汁，才一百塊！其實美國的水果更便宜呀！大面積種植，總有利潤可圖的。在美國住，要是不常出門，更省。可是太氣悶了，沒朋友，沒熟人，要不是兒子他一說再說，老伴她自作主張，也不會搬到那麼遙遠的美國去。然後，兒子他卻認爲最好分開住。

「只是說另租一處 apartment 而已。」

「這不等於掃地出門？你要我怎麼對你媽說？」

「爸，你別誤會！我覺得這樣對大家都好。」

「誤會個屁！你媽會想你如今是只要老婆，不要媽了！」

「這是在發生了這麼多不太愉快的事故後，沒法子的 solution 。」

「我們可以回台灣去，照樣過我們的日子！」

「那樣我會不放心的……」

不放心？會嗎？嘴裡說說罷了！還是回來的好。當時老伴一力慫恿要把退休金的一半拿給兒子作爲置產的頭款：「他有這份孝心，我們出了錢，也不算白住他的。」

「什麼白住不白住？兒子不該養活年老的父母嗎？」

「話不是這麼說！不只兒子，還有媳婦，如今的媳婦可不一定容得下我們！」

「我們何必去寄人籬下？」

「這是他們的一番心意。何況，如我們不幫忙，他們也沒能力買這麼大的房子。他們說將來把最好的那層留給我們。」哪知，不到一年又氣呼呼地回到原地，幸好沒把宿舍退還給學校，不然豈不連落腳的地方都成了問題？袁教授又越過馬路回到另一邊。一大片水果攤，標示著農民直銷的大招牌，看看標價，這裡的卻一點都不便宜，農民直銷？騙人的吧？一條狗抬起後腿對著牆根撒尿。牆角上大紅字標示著「齊天大聖宮」。不就是孫悟空那隻猴子？怎麼連猴子也有人來拜？請明牌的吧？這巷子，可從來沒有進去過。牆根堆著大包小包的垃圾，在明亮的陽光下特別刺眼。不是垃圾不落地嗎？還是走大路，乾淨。前邊是開元路。開元路，是因爲開元寺的緣故吧？過街一家7－eleven便利商店，另一邊堆著帆布覆蓋著的攤位，應該是不知哪一晚燈燭輝煌熱熱鬧鬧的夜市。啊！這一帶的新建大樓眞不少，都賣得出去嗎？怕又是一堆養蚊子的黑暗空間。麵包店對面的那家理髮館，是去年理過一次髮的地方，老闆娘的胖手按起頭皮來特別有力。怎麼攔路多出了一座牌坊？「鎮南宮：池府千歲、文衡聖帝」等等，又是爲哪位神明哪座廟宇妝點的？鎮南？誰在鎮誰？這裡不是只有一座開元寺的嗎？那隻白色的象，藍色的獅子，看起來像是兒童的塑料玩具，怎麼看都覺得太廉價，太俗氣，沒有氣派，不襯這「開元禪寺」幾個莊嚴的大字。廟門上的四隻孔雀，樣子像眞而不眞，顏色挺刺目的，也一樣欠卻品味。廟門是鏤空的，可以望進去，但是鎖著。這寺院過去肯定來過，恐怕還不止一次，怎麼全無印象了？最近幾十年的事情一日日從記憶裡淡去，竟好像從未發生過的一樣。到這個世界上走一遭，與不曾來過，有何區別呢？門旁有個小小的指標指著進入的方向。袁教授順著指標，進入一家養護中心，通過警衛亭，從一扇半掩著的小門仄身而入。進門去散植著數棵粗大的老榕樹，倒是挺古雅，樹下總有些閒坐著的人。榕樹環圍著兩棵枝葉茂盛的菩提樹。向前走，有一間碑亭，中立四五方石碑，最古的兩方，一方刻於乾隆四十二年，這是最古的廟史，康熙年間將原來鄭成功夫人修養之所的「北園別館」改建爲寺廟，名「海會寺」；另一方刻於嘉慶元年，「海會」改名爲「開元」，建廟的宗旨不外是「神力指引迷津，俾林無伏莽，海不揚波，愚頑者向化，跋扈者斂跡」。誰是愚頑者？誰又是跋扈者？滿清政府對反清復明的鄭成功倒還算客氣。兩方石碑都已損壞，碑頂或碑腰用水泥補綴。走進三川門，這裡似曾相識。赫然有三對門神，中間的韋馱與伽藍像監視著每一個邁進門檻的遊觀者或參拜者，旁立哼哈二將，蔣經國時代，他不是也有過哼哈二將嗎？對門的彈指優曇殿中供奉笑容可掬袒胸凸肚的彌勒佛一尊，楹聯上書「大度能容了卻人間多少事，滿腔歡喜笑開天下古今愁」。我也不得不容忍身邊的人，是的，不必跟她計較，女人啊女人！爲什麼越老越嘮叨？越老越暴戾？是不是我在她眼中成了一種厭物？可以任意蹂躪？去美國，依她；回台灣，依她；疼兒子，依她；恨兒媳，依她；不肯接濟香雲表妹，也得依她；她總要決定一切，掌管一切！

配殿祀的是延平郡王鄭成功，可怪者延平郡王的神位前卻坐著一尊泥塑的和尙，那是誰？是鄭成功嗎？他在死前做了和尙？未見鄭經的牌位。降清者，不值得紀念了吧？如果沒有鄭成功，台灣會不會成爲荷蘭的殖民地？人民因此更高興也說不定。可是台灣的人民就不會是今日的面貌，應該是黃髮、白膚、藍目瞳，或紅髮、白膚、綠目瞳，大家都說著荷蘭語。幸，還是不幸？再走入去，人天教主之殿，主祀釋迦牟尼佛、普賢和文殊二位面貌相似的菩薩，這是主殿，滿排著參拜者的坐墊，進內要脫鞋。繞過去，另一院落，觀音大士殿比主殿還要高聳。「大願三皈超苦海，悲心一片渡迷津。」觀音是全中國都奉祀的神明，這些中國的神明又都是因爲鄭成功的緣故。倘若是荷蘭人，應該是耶穌、聖瑪莉亞吧？殿前的小院中種著金橘、紫藤、茉莉、桂花、朱槿等等等等，還有些不知名的，懸吊著的是正在開放的蘭花。一定有人細心地照料，沒有一片枯葉。花叢中一方石碑，上面刻著「明代北館遺址」幾個字，這就是鄭成功的妻子，鄭經的母親晚年修養的地方了，算台灣最古老的古蹟啦！這佛寺，住著，忘卻人間一切的煩惱。這裡，身穿灰色僧衣的男女，來來往往，洗刷操作一如常人，倒少見他們參禪念佛。觀音殿旁的一間偏殿供的竟是層層疊疊的亡靈牌位。邁過門檻，香氣甚濃。再過幾年，難保自己的名子不也變成案頭的一方金閃閃的牌子，跟這些已逝者的名牌排列在一起？啊！那不是陳桑嗎？還有他的照片，夾在稀稀落落的一些泛黃的黑白照之間，他怎麼也到這裡來啦？說話很大聲的陳桑，雖然菸酒不忌，身體可一向硬朗得很。幾個月前在學校爲退休老人舉行的長青餐會上還見他笑聲琅琅，逐桌敬酒，奇怪！繞過這偏殿，幾塊菜圃，然後小徑鋪著突起的卵石，也是一種健康步道。剪成矮矮的小榕樹圍繞著一團團花池，花池的石欄上正坐著一個黑髮的老人，紫紅色的面色，炯炯的眼神。

「陳桑，我還以爲……」

陳桑站起來，笑得眼睛瞇成一條線：「我知道你看到了什麼，那是同名的啦！像我這樣的名子，在台灣不知有幾千幾萬個。」

「可是還有你的照片在上頭。」

「照片嗎？也許只是有些相像而已……」

「我就說嘛，像你這麼硬朗的身軀，烏黑的頭髮，再活個十年八年都不成問題。」

陳桑忸怩地笑說：「頭髮是染出來的啦！再活個十年八年哪裡夠？我還要看到反攻大陸呢！」

「反攻大陸？那是四十年前的事了吧？我們不是要跟大陸三通了嗎？」

「是啊！三通就是反攻大陸啊！說法不同罷了，事實是一樣的。」

陳桑一面說話一面一隻左手抖個不停。

「你的手……」

「唉！老了嘛！這是遺傳，我父親、我祖父，老的時候都是這樣。」

「我告訴你，不妨試試氣功。我們老祖宗有些寶貝，硬是管用。」

「氣功啊？那不還要去大陸？」

「用不著，台灣現在多的是，有太極導引，有法輪功、嚴新氣功、李鳳山氣功什麼的。不然也可練練太極拳。」

「你說的法輪功，不是在大陸遭禁的那個？」

「在大陸遭禁，在台灣並不禁，我們是民主的社會，信仰自由嘛！」

「是啊！我這手……唉！正是因爲氣gong！」

「你練過呀？」

「我是說被氣攻出來的。老了不能生氣。我祖父因爲生我阿叔的氣，我父親因爲生我妹妹的氣，都不得善終。」

跟親人生氣，也是白氣。

「你又生誰的氣？」

「我呀？兒子都還……唉！都還孝順啦，可我那個老婆不是個東西！」

「咦？你太太不是早就過世了嗎？」

「我是說她活著的時候，想起來就是一肚子氣！」

「一直氣到現在？」

「就是嘛！死了的人不能罵，就會更氣啊！不知誰說過，上輩子若是欠人債，這輩子不是托生爲你的老婆，就是托生爲你的兒女，向你追討。」

「說的也是。討起債來可不是好受的，有時連命也討了去！」

「是啊！這年月動刀的，動槍的，多的是。報上不是有件新聞，老公被老婆養的蟑螂活活咬死。」

「是啊！是啊！我也看過，挺驚人的！其實一刀斃命的倒還算乾脆，怕只怕慢吞吞的凌遲。身邊的人，一天天，一月月，沒完沒了，怎麼熬得過一輩子？」

「一輩子，很長啊！眞的是一場大災難！」陳桑嘆了一口氣說：「該念念佛經，消災滅禍。」他的身體在走著的時候明顯地向一邊傾斜，像是中過風的人。

「你沒有中風吧？」

「還說呢，上個月多喝了兩杯，就成了這個樣子。」

「上了年紀，還是少喝！幸虧你有三個兒子，倒下去不會沒人理。」

「是啊！是啊！大兒子在大陸，一聽說我中風，就要趕著回來。我說不行！不行！那邊的生意剛上路，不能輕易走開。二兒子在美國，鞭長莫及。我也不讓他回來，小孩的教育、老婆也不一定適應，問題一大堆。三兒子在台北，按理回來最方便，唉！不幸的是年前因爲酒醉駕車撞死了人，現在還在牢裡蹲著。」

「眞不幸！」

「你呢？不是搬到美國跟兒子同住了嗎？」

「是啊！可我太太住不慣，沒朋友，兩個老的待在家裡眼瞪眼，容易吵嘴。而且我太太說，吃不慣美國的東西。」

「你們又搬回來了？」

「可不是？住了總共不到一年！」

「你看，」陳桑指著他們正在走近的一座高達五六層的靈骨塔：「將來我大概就住在這裡了。」

袁教授抬起眼來望著黃色的琉璃瓦，每一層的屋簷上都綴著一盤團龍，最高的頂脊上則有朝向四方仰首高鳴的朱雀。

「這裡不錯啊！大家待在一起，像退休前一樣。」

陳桑笑得嘴有點歪。

「不必依靠兒子，也可過好日子。」袁教授喃喃地自語：「我想該回去了，不然會讓人操心。」

「是啊，我家就在圍牆外邊。」陳桑說。他們繞過廟門，又走到彈指優曇之殿前。

「大肚能容了卻人間多少事。」

該諒人處且諒人！

「是啊！不然又如何？」

繞進那一方被矮榕樹叢圍繞的花圃。

「這裡坐坐吧！滿幽靜的。」

「不啦！還是早點回家，免得讓老太婆著急。」

袁教授卻坐下來，望著漸漸由藍轉灰的天空說：「天氣眞的有些涼了。」

「我在北海道的時候，遇到過零下十度的天氣。」

「不知道你去過北海道？」袁教授訝異地斜睨著陳桑。

「家父在那裡避難，小的時候去看過他。」

「避難？」

「是啊！避二二八之難。那時候你大概還沒來台灣吧？」

「還沒。我是民國三十八年大撤退的時候從上海來的。人嘛，才二十郎當歲，沒想一眨眼的工夫就過了半個多世紀了！」

「人生能有幾個半世紀？」

「最多兩個唄！也許只有一個。」

「不想回老家去啦？」

「想啊！想有什麼用？哪裡還有什麼老家？如果當日娶了表妹香雲，今日又不知是何光景？親人死的死，沒死的也成了陌生人。連兒子都會變成陌生人的。回去，我那一半呢？那裡可不是她的老家！」

袁教授站起來，陳桑也跟著站起來。

「眞的要回家了！」不然又是一場囉嗦。

他們又一同走向靈骨塔。

「有一天，我會住進這裡。」陳桑指著亮閃閃的琉璃瓦。

「還不是現在！」

「當然！」陳桑歪著嘴笑：「現在我住在圍牆外面。」

「有一天，我也會住到這裡來吧？」袁教授低聲地說，用著只有他自己聽到的聲音。

但是竟然被陳桑聽見了。他望著袁教授的臉微笑著點頭。

「眞的要回家啦！」袁教授看看腕錶，沒看清是什麼時間。

他們繞過廟門，走進彈指優曇之殿，穿過殿堂，看見人天教主之殿。

「如果住進這裡，也就不必回家啦！」

「是不必！」

「其實，撒手的感覺挺好。」

「不必再吃苦。」

「佛教總叫人超脫人間的苦海。」

「苦海嗎？佛經說：凡無常者，是爲苦。人生何嘗有常呢？要看穿啊，人世間一切都是虛幻！」

「那麼眞實在哪裡？」

「沒有什麼眞實，不管虛的還是實的，都不過是一種看法而已。」

「一種看法？」

「因爲人遲早總要跳出，跳出後就知生與未生沒什麼差別。」

「說的也是，等你遺忘的時候，什麼都似未發生過一樣。」

「一旦過眼雲煙的眼闔起來，連那稀薄的雲和煙也沒有了。」

「你倒是很看得開。」

「走到這一步，沒別的法子呀！」

陳桑苦笑著踅回觀音殿前。

「我想指給你看看你的神主牌位。」

「不必啦！我早已看過很多回。」

他們又來到矮榕圍繞的花池。

「再坐坐嘛！」

「不啦！你看天已經暗下來！」

他們仍然坐下來，望著一絲一絲轉變成黑色的天空。她的白髮，她的有時凶惡有時憂傷的目瞳……每逢他談到香雲表妹，她的臉就立時掛下來。他們各自沉落在自己的思緒中，常常把彼此排拒在各自的思想之外。爲什麼總說那麼多傷人的話？悲哀的是必須面對這一切，一天又一天……

當他們再繞到靈骨塔前的時候，除了一雙灼灼的眼眸外，袁教授已經看不清陳桑的面容了。

「怎麼一直沒有見到走出去的標示呢？」

袁教授不覺心頭一陣涼。

二〇〇三年二月六日

煞士臨門

劉南生乾脆坐下來，
背倚著牆壁，腦裡一片空白，鼻頭卻酸酸的。
真會有這種事！
還沒到性命交關的時刻，
兒子媳婦就不要老子了！
父親去世的時候，多不一樣！
父親患的那種癱瘓，
躺在床上一病一年多，
大小便都靠我和妻子料理，沒有一聲怨言。

劉南生疲憊而惶恐地走出由澳門飛高雄的班機，一看腕錶，快晚上八點。還要至少兩個小時才能到家。匆促的腳步走進小港機場的室內通道，不遠處，平常本來直通而過的檢疫台那邊早排成一條長龍。所有的旅客每人臉上，都像他自己一樣，罩著一方口罩，口罩上方露出兩顆惶惑不安的眼眸，對身旁的人似乎視而不見，竟像是不知從何方來的外星人。

入土爲安，是的，父親他的骨灰什麼時候才能遵照他的遺言睡在他自己的父母的身旁，在明晃晃的太陽下，在綠油油的玉米田中？隊伍前進得慢呑呑，劉南生覺得好像過了一個世紀似地才排到醫護人員面前。我沒發燒。身穿白色防護衣的小姐先量他的體溫，然後遞過一張表格，囑他仔細塡寫：在台地址、電話、關係人，塡兒子？女兒？還是兒子吧！還有在大陸、香港曾去過的地方、所接觸過的人及所搭乘過的交通工具等等。這陣仗挺嚇人，幸好改到澳門轉機，避過了香港那一關。

沒有人來接機，我不會盼望任何人來，何況在這嚴峻的時刻。父親他在世時，每逢從大陸歸來，是家庭的一件大事，我跟在父親的身旁，看見簇擁在機場出口的母親、弟弟、妹妹和天祥他們一大群人，臉上滿堆著笑顏。劉南生在旋轉台上找到自己的行李，順利通關，沒有人要他打開行李察看。幾乎像逃命似地衝出機場，立刻鑽進一部候客的計程車。司機也戴著口罩。糟，忘記先問清楚車資了。

「去台南，多少錢？」劉南生隔著口罩有些口齒不清。

「伯伯，算你兩千元啦！這是非常時期，很多人都不想載機場的乘客啦！」

「好啦！」沒多說，只想早點到家。「開元路，天祥大樓，宰羊否？」

「天祥？」

「就在崑山中學對面啦！」

司機點頭。

劉南生注意到在這種燥熱的天氣，司機並未開冷氣，車窗倒是打開的，他心裡有數。平常多話的計程車司機，如今變得沉默寡言。在汽車飛馳中，不久劉南生他就沉沉睡去。他跟在父親的身後，走在一條曲曲折折的田間小路上，兩旁都是綠油油的玉米田，太陽斜斜地照著，蟈蟈的叫聲此起彼伏。兩人的手裡都拎著水果和香紙，父親的陰影斜斜地拋在黃土地上。「到了沒？到了沒？」父親並不回答，也不回頭。他走得滿頭大汗，氣喘吁吁，終於聽到一聲「到了」，劉南生機伶伶地睜開兩眼，原來計程車已停在自己的公寓大樓門前。他趕緊掏出兩千元紙鈔付了車資，一手拖著沉重的衣箱，一手拎著同樣沉重的一個超大的旅行袋走進大門。

正在讀報的管理員老張從老花眼鏡上拋過兩粒白多黑少的眼球，一面放下報紙一面踱過來說：「劉先生，你回來啦？」

「回來啦！如今旅行是受罪呀！」

老張舉起一個白色的東西對著劉南生的額頭，囁嚅地說：「我要量量你的體溫。」因爲也戴著口罩，他看不出老張的表情。他去大陸以前，老張才剛從大陸回來，不過那時候還不需要戴口罩。

「溫度三十六．五。」老張看看溫度計裝作很專業的樣子。

劉南生拖著行李直奔電梯而去，經過一整天的奔波，實在是累了。

電梯裡沒人，直接上到八樓。行李眞重啊！走出電梯，劉南生終於鬆了一口氣，對自己說：「到家啦！」一面取下戴了一整天的口罩。

手按在電鈴上，吱鈴鈴，在這夜靜時分，鈴聲響得特別刺耳。

過了一分鐘，又過了一分鐘，靜悄悄地沒有動靜。

奇怪！沒人在家嗎？不可能！天祥，還有桂枝，他們明明知道我今天回來……

再按，吱鈴鈴，簡直響得恐怖。

仍然不見動靜。

這就奇了！怎會這麼晚家中竟無人？

劉南生正猶豫著是否應該下樓去問問老張？誰知就當此刻門悄悄地開了一條縫隙。

「爸，你回來啦？」是桂枝的聲音。

「你看你們都睡死啦！按了半天鈴都聽不見！」

「早聽見啦！」

「開門呀！聽見了還不開門？」

「我—不—能—開—門！」桂枝低聲一字一頓地說，索性把那條門縫也合上了。

「不開門？要我去住旅館嗎？」

「爸，你剛從北京回來，誰知道有沒帶回煞士來？家中有兩個孩子，你還是先到別處隔離十天再說。」

「什麼話！我既不發燒，又不咳嗽，好端端的，哪來什麼煞士？」

「已經死了幾十個人，連醫生、護士都逃不掉，嚇死人！爸，你就替你兩個孫子想想吧！」

「無緣無故把我當成病人！你把天祥叫來，我對他說。」

「天祥不在家！」

「不在家？哪裡去了？」

「不知道呀！衛生局通知我們要這麼做！」

「怎麼做？連老子都不要了？」

「爸，對不起！衛生局來過電話，說是北京回來的，不管有沒有發燒、咳嗽，一律隔離十天。要是讓左右鄰居知道了，我們全家還能見人嗎？爸，求你啦！我給你跪下！」抽泣的的聲音從門後傳來。

劉南生頓時感到血液一陣陣地衝上腦門，趕緊蹲下身來，以免暈倒。到哪兒去呢？已經這麼晚了……先靜一靜再說。深深地喘了一口氣：「我看我先去你大姊家住幾天吧！」

「這樣好。」桂枝馬上鬆一口氣說：「大姊家的孩子都住校，不在家。」然後沒有了聲息，不知桂枝還跪在門後，還是悄悄地回房去了。

劉南生乾脆坐下來，背倚著牆壁，腦裡一片空白，鼻頭卻酸酸的。真會有這種事！還沒到性命交關的時刻，兒子媳婦就不要老子了！父親去世的時候，多不一樣！父親患的那種癱瘓，躺在床上一病一年多，大小便都靠我和妻子料理，沒有一聲怨言。

劉南生他掏出手帕，擤一把鼻涕。父親他臨終一再叮囑的是：「祖先，還有你祖父母的墳一定得去上，得去掃，不然要兒孫何用？」中國人嘛，還有什麼比掃墓更重要的事呢？不孝有三，無後為大。要你們這些後人，不就是為了祖先的墳頭上可以香火不斷嗎？

喘一口氣，走道裡空蕩蕩，要是這時來個鄰居，自己倚牆而坐的姿態……他趕緊站起來，看了一眼緊閉的門。父親他可沒這種經驗，在家裡，他不是皇帝，也是將軍。祖先，在他的心目中比天還大。一開放探親，父親他就急著辦退伍，辦退伍是為了可以回大陸探親、掃墓。嗣後，每逢清明節都要跟父親回原籍。第一次歸鄉就看到了奶奶，一個滿面皺紋癟嘴的老太太，兩眼的白內障使她看不清面前的人，只把兩手摸著父親的頭臉，青白色的眼瞳裡沿著面頰淌下滴滴清淚，父親他滿臉也都濕了，還有不停地在抽著鼻涕，嘴裡只顧唸著：「兒子不孝，讓您老人家吃苦了。」第二年奶奶她就不在了，以後就只有姑媽一個親人，奶奶也成了一座墓，那墓就更必要掃了。

劉南生低頭打開旅行袋，把從大陸給兒子、媳婦、孫子、女兒、女婿、外孫等買回來的衣物、禮品，一件件揀出來擺了一地。然後又打開衣箱，揀出自己隨身換的衣物，裝在一隻較小的旅行袋裡，把給女兒家的那些東西也都裝進去，嘴裡嘟囔著：「那就到女兒家暫住吧！」其他東西用腳踢到家門口：「叫他們自己來收拾！」

經過樓下管理員那裡，老張奇怪地瞪著劉南生：「又要出門？」

劉南生滿臉堆笑地掩飾：「可不是，女兒家忽然來電話，有急事。」說罷逃出大門，站在路旁等計程車。

趕到火車站，恰好有一班北上的自強號就要到了，買了一張到桃園的車票，進站時也要量體溫、戴口罩，劉南生又趕緊拿出口罩戴上。到了月台上，劉南生忽然想起行前替袁老先生帶給北京親戚的東西都帶到了，那時還沒爆發煞士的問題，是否該打個電話知會人家一聲？也許太晚了吧？正想著，火車已經進站。

走進車廂，他發現稀落落的幾個乘客，也都戴著口罩，靜悄悄的，只有火車規律而沉重的輪聲打在耳膜上。他想靜下來，不要再去多想剛才桂枝的態度和聲腔，但不知爲什麼桂枝那一字一頓的「我—不—能—開—門」竟總縈繞在耳邊。父親若還在世，不知做何感想？爲什麼自己就樹立不起一樣的權威，叫兒子、媳婦如此對待？

他盡力克制起伏不定的情緒。每年都要去大陸掃墓，那是父親他生前交代的事，不能不認眞執行。二弟他，卻滿不在乎，以前對去大陸提不起興致，直到三年前，忽然跟著一窩蜂到大陸投資的台商成了跑上海的常客，如今活該被突然而來的煞士隔絕在對岸！他冷笑了一聲，趕緊望向車廂中其他的人，沒有人注意他，幾個寥落的乘客都垂著頭，似乎進入夢鄉。父親，你的骨灰不知何時才能埋進故鄉的泥土？

火車單調的輪聲是最佳的催眠曲，劉南生的頭也漸漸垂到一旁，眼前晃動著一些模糊的人影，排成長長的一列，晃呀晃呀地走在迷茫的白色霧氣中。他跟在眾人的身後，不知要走向何方，但是越走離眾人越遠，逐漸剩下他獨自一人，四周仍然環繞著迷茫的霧氣，心中不免滋生恐懼，情急大喊：「天祥救我！」陡然睜開眼睛，人仍坐在前進的火車裡，桂枝一字一頓的「我—不—能—開—門」的乾糙的聲調卻又回到腦中。忽覺身旁坐了一個人，溫暖的臂膀靠在自己的臂膀上，他不敢扭頭去看，生怕轉瞬間就化爲無有。妳在世的時候，我總對妳說：「桂枝也並不像妳想的那麼糟啊，她很節省，對孩子也算盡心。」「節省，才對我們這麼小氣！」妳說。「當日我對媽怎麼樣，你是知道的，何嘗敢像桂枝這麼跋扈，沒有心肝？」妳又說。「別忘了媽的脾氣可比妳好！」「那是對父親、對你們，對我這做媳婦的可不一樣！」「不一樣，是嗎？」「別裝糊塗！你難道看不出來？」「你們可都是台南鄭家的人，說起來我媽還是妳的堂姑，她對妳，我覺得跟對我妹妹沒有兩樣。」「那是你的感覺。不管她對我如何，我對公婆總是盡心盡力。你看桂枝對我……不要去說她了啊！」

忍不住扭轉頭去，身旁並無任何人影，臂膀上那溫暖的感覺也立時消失了。嘉義站一到，車廂裡又擁進幾個乘客，仍然都戴著口罩。其中一個年邁的老者，蹣跚地走過甬道，坐在劉南生的斜前方，從側面看起來像極了他父親晚年的身影，他竟忍不住兩眼定注在老者斑白的短髮上。父親，你是軍人，講究一個口令，一個動作，從小就在你的拳頭、巴掌下長大，有幾次若不是有媽護著，早被你打趴了。我出生在台南，對身分證上記載的籍貫毫無概念，但對你的概念卻天樣大，你的喝斥總叫我驚懼，你的命令，我不敢不從。你臨終時問我說：「南生啊，看看你的身分證，你是哪裡人？」「河北清河縣。」「清河縣就是現在的北京，知道嗎？」「知道！」「爲人不可忘本，更不許數典忘祖！永遠記得你是北京人！將來我走後歸鄉掃墓就完全靠你啦！我不指望老二！你是劉家的長子，應該明瞭自己的責任，懂嗎？將來你也要像我一樣地告誡天祥，長子長孫，使我們劉家的香煙永不斷絕！」

劉南生從那老者白短髮的後腦錯開眼光，見車廂裡似乎飄浮著一絲若有若無的白色煙氣，過一陣又似乎不見了。他舉起雙手，望向自己的指尖，指甲早就該剪剪了。父親，你到了老年竟然性情大變，對孩子不再疾言厲色，特別是天祥這長子長孫成了你的最愛，從小就不准我動他一小指頭。對我，你一向那麼頤指氣使；對天祥，卻百依百順。陪你回大陸，不論是探親還是掃墓，我都必須奉陪。自從你死後，回大陸掃墓的責任就落在我的肩上了。二弟呢，一起去過一兩次，其他都靠我獨來獨往。今年本想帶上已經而立的天祥同行，將來一旦連我自己也不在的時候，這香煙才不致中斷。

他垂下手，眼光飄向空中，那一縷煙氣又來了，然而車廂裡的其他乘客都似乎盲然無覺。北京不讓建墳，父親那時對我們說，多虧他老人家特地跑到祖母娘家涿縣鄉下，花了兩千多美金在他外祖家的農田裡圈了一小塊地出來，重修了他外祖父母和舅舅的墳，順便也爲自己的父母建了一個墳頭，以後每逢清明，才有墓可掃。可是父親你的骨骸何時才能遵照你的遺言睡在祖先的身旁呢？「行不得啦！如果把老爸的遺骸葬到大陸，那媽媽的怎麼辦？」二弟他說：「難道叫媽媽身後去離鄉背井嗎？」「我們哪能年年跑到涿縣去上墳？」小妹也這麼說。父親，我慚愧，無法完成你的遺言！

斜前面的那老者忽然站起身來，轉身間使劉南生幾乎驚叫出一聲「父親」！太像了！太像了！想不到世間竟有這麼相像的兩個人。那老者迎面走來，仍是蹣跚的腳步，走過他的座椅，向車後方走去。他扭轉頭頸注目老人的背影，見老人推開車廂的門，消失不見了。二弟他，人雖然在上海，可從來對掃墓就沒有任何興趣，要不是因爲在上海有錢可賺，也不會情願踏上大陸的土地吧！他甚至對我說：「你是北京人，我們全家都是台南人，要掃墓，當然該你去！」我只能苦笑。可是說也奇怪，竟好像我繼承了父親你的心和眼，一到北京，就覺得親切，雖然我的捲舌音並不靈光，但跟你學來的一口京腔說起來倒也有模有樣。何況在北京總有逛不了的名勝古蹟，嘗不盡的南北小吃，買不完的眞假骨董，對我這個喜愛收集小擺設又愛吃一嘴的人，眞是得其所哉。萬萬沒料到，今年，今年如此不同，竟碰上這種要命的什麼「煞士」！

台中站過去了，又過了豐原，火車一連鑽了幾個山洞，雖然窗外一片黑暗，但是劉南生他感到正走在大甲溪的鐵橋上。我的這個兒子天祥，自從前幾年掃過一次墓之後，就不想再去，說是受不了上公共廁所，受不了擠火車、擠公車，受不了北京人隨地吐痰等等，總之對彼岸的一切都看不上眼啦，每次要他同去掃墓就推推託託。這次也不例外，他推說，公司事忙，走不開，建議我跟二叔同去。沒去也好，不然父子兩人都被排拒在門外……煞士有如此可怕嗎？可怕到不管老爸的死活？桂枝她一向就是個難纏的媳婦，妻子在世時不能住在一個屋簷下，如今對我這老人又何嘗有絲毫敬意？我眞不懂爲什麼當日輕易地聽信天祥和桂枝的花言巧語，賣掉父親留下的房屋去給天祥投資？不然自己何須寄人籬下？

經過這一番折騰，劉南生此時感到飢腸轆轆，從澳門到現在只吃過一頓點心，心中期盼的一碗熱熱的湯麵帶著家的溫馨與孫兒的笑聲早已不知飛往何處。女兒她算是個孝順的，但人家已是外姓，何況還有個女婿，如果女兒也像兒子一樣，不願收留我這從疫區歸來的老爸？

車窗外一片黑暗，只看見一個神情黯淡的消瘦的面容，下半臉覆蓋著半白的鬍鬚，兩天沒刮了。父親，你要我做的事，除了歸葬之外，我都做到了。每年我都回涿縣去掃墓，去北京探望年邁的姑媽，而且爲你再遊一次故宮，再遊一次天壇，再遊一次頤和園，你幼年常去的地方。可是我仍然不能變做你！我更熟悉的是台南的開元寺、孔廟、赤崁樓、億載金城、安平古堡……我生在台南啊，並非北京！說不定媽媽她就是鄭成功的後代，她不是姓鄭嗎？而我，卻是北京人，在我的身分證上這麼記載著。

車廂中的那一縷煙氣又出現了，而且顯然愈來愈濃，不久就聞到了一股燒焦的氣味。這時車廂中那幾個寥落的乘客也都有所覺，大家的頭正都向四方轉動，似乎彼此探詢著。正當眾人疑慮有加之時，車廂中的燈光忽然熄滅，火車也在此時戛然而止。人們像被彈簧彈起般地跳向車廂的出口，口中發出狂亂的呼聲。劉南生也跳起來，他心中想著那消失在車門後老者的身影，一直未見回來，是去入廁了嗎？不知他知不知道現在的情況？但是太遲了，失去電力的車廂門死死地緊閉著，盡讓車廂內的乘客瘋狂地奔突，瘋狂地拍打，全無反應。

太好了！太好了！是火燒車吧？哈哈哈哈！

二〇〇三年七月十六日

關東煮
黑輪・米血・

問題的癥結還是自己太老了，
不錯，自己太老了！
老人，就該認命，
被年輕的妻子拋棄，
被自己的兒女拋棄，
總之，衰老的生命沒有人珍惜！

一

每逢周教官晨跑時經過長榮路與小東路口，總見一個小吃攤孤零零地佇立在人行道的拐角上。時間這麼早，還不到六點鐘，誰會來吃早餐？周教官心中不免有些疑惑。但最引周教官注意的還是小吃攤上幾個黑色的大字：「黑輪‧米血‧關東煮」。我這個關東人，怎麼沒吃過黑輪、米血、關東煮？甚至連這是些什麼東西都弄不清楚！

周教官問田英：「妳這個長春人，知道什麼是黑輪、米血、關東煮嗎？」田英搖搖頭：「沒聽說過，是鳥，還是獸？」周教官笑開了：「不會飛，也不會跑，是吃的東西啊！」

「吃的？那一定很特別呀！咱得研究研究。」田英很認眞地說。

自從田英來到台灣，周教官總覺得她諸事太過認眞，做事認眞，說話認眞，連表情都很認眞，都是叫共產黨整的！有時周教官說一句玩笑話，她也會極認眞地琢磨半天。經歷太多艱苦的生活使人過分成熟，三十多歲的田英，看起來像四十歲的人。有一次記者訪問大陸新娘，問田英：「妳先生是七十多歲的人了，相差三十多歲，你們沒有代溝嗎？相處沒有問題嗎？」田英答得很乾脆：「沒有問題！他需要一個伴，我呢，需要一個家，我們是各取所需。有一天他若老得走不動了，咱會盡心照顧他。」

其實周教官只返鄉兩次，第二次便遇見了田英，那時田英新寡，沒有孩子，家境清寒，夫家恨不得盡快擺脫田英，以便少一張吃飯的嘴，因此在親戚的撮合下，田英願意跟周教官到台灣生活。雖然周教官年紀大一些，但身體硬朗，言談風趣，看來是個極易相處的人。到了台灣以後，田英見周教官眞像他說的一樣，一個人獨居，住著寬敞的一所透天厝，兩個兒子都不在國內，只有一個住在台中的女兒，也早已兒女成群，不會來干預他們的生活，田英成了她一生中從未經遇過的名副其實的女主人，這才眞正開始感到生活的滋味。

周教官很注意養生之道，又練氣功，對田英明說他要的是一個老來伴，並不熱心男女之事，因此田英來台不久，兩人就分房而居。田英雖然正當壯年，但有感於在大陸時的生活艱苦，也不敢心存奢望，家中做飯、洗衣、打掃清潔一手包辦，把個老人伺候得舒舒貼貼。周教官的女兒來台南探望父親，見田英體貼，父親高興，也就放心，反倒心存感激，覺得兩個弟弟和自己都在父親年邁時未能親盡孝道，現在有個貼心的塡房，多少也減少些罪惡感。

二

日子平淡地過著，一天早晨周教官又慢跑經過長榮路與小東路口，看見那個標著「黑輪．米血．關東煮」的小吃攤，眞他媽的早啊，這小子！忍不住停下腳步，趨前向那攤販搭訕道：「老闆，你這黑輪、米血、關東煮是啥玩意兒啊？」

老闆掀開攤上兩隻鍋中的一隻鍋蓋，望一眼說道：「黑輪賣完了，只剩下米血。」

「賣完了？」周教官不勝詫異地問說：「這麼早，我還沒見有來吃早餐的客人，怎會賣完了？」

老闆笑道：「我賣的不是早餐，是消夜，晚上成功大學的學生會來光顧，這時候是收攤的時候，自然沒有了客人。」

周教官這才恍然大悟，原來如此！難怪有時見著，有時又見不著，每逢老闆收攤晚了，才被他偶然撞見。周教官望著這賣消夜的老闆，心中不免怦然而動，覺得這人像極了他在美國的大兒子，不過看來比他的大兒子年輕些，約莫三十歲上下而已，長得肥面大耳，倒也體面。

這時老闆用湯匙舀起一塊黑呼呼的東西說道：「這是米血，是用豬血和米做的。」

「這我倒吃過，那麼黑輪呢？也是黑的嗎？」

「黑輪嗎？像這種顏色！」老闆舀起一塊炸豆腐，舉給周教官看。

「並不黑嘛！爲什麼叫黑輪？」

老闆笑著搖搖頭：「哇沒宰啦！」

「看樣子要知道是啥滋味，非得自己嘗試嘗試才行。」

「對了！對了！」老闆笑出一嘴整齊的白牙齒。

這番簡短的對話，使周教官對這位賣消夜的老闆很有好感，第二天起個大早，出門晨跑時特意帶上錢包，到跑過一圈路經長榮路與小東路口，見小吃攤還佇立在微曦中，於是就蹭過去，對老闆笑著說：「老闆，來一碗黑輪、米血、關東煮！」

老闆也笑說：「伯伯，你運氣好，今天還剩下很多。」說著就舀了一滿碗，又加了作料。

周教官用筷子撥了一下，見碗中除了米血之外，還有油豆腐，另外有一種油豆腐顏色的長條形的東西，就用筷子夾起來問老闆說：「這就是黑輪嗎？」

「對，這就是啦！」

「原來黑輪不黑，米血不紅，關東煮不關東！」

「對啦，好吃就好，管它黑不黑，紅不紅。伯伯，你是關東人嗎？」

「沒錯，老家在關外，通常我們叫『關東』。可你這關東煮，弄不好是日本玩意兒。我忽然想起來，日本可能也有個關東，是吧？跟俺那關東莫相干。」

「我不清楚耶，也許是吧？」老闆帶著懷疑的口氣說。

「關東啊！老皇曆了。你看，過著過著到這裡已經五十多年啦！高粱紅，大豆香，原來是吃窩窩頭、麵餅子長大的，現在成了道地的米蟲，每天不吃兩碗飯就填不飽肚子。你說，還能算關東人嗎？俺老伴兒也是關東來的，我們倆都沒吃過關東煮這玩意兒。」

「味道還可以嗎？」

「不錯！不錯！挺飽人。」

「關東……我說你們的關東，一定很冷的吧？」

「那還用說？臘月天冷起來，滴水成冰，有人外出忘了戴帽子，回家覺得耳朵奇癢，用手一摸，掉了！」

「什麼掉了？」

「自然是耳朵啦！」

老闆笑道：「這麼冷，冬天可不敢去。」

周教官吃完一碗關東煮，抹抹嘴，從錢包裡抽出一百元問老闆說：「瓦債？」

「六十塊！」老闆從錢筒裡倒出四十元硬幣找給周教官，周教官往褲口袋一塞就小跑步地離開。

回到家，田英已經把早餐備好。周教官先到浴室淋浴，在脫短褲的時候往口袋一摸，只有那四十元硬幣，錢包卻不在裡面。他媽的！錢包呢？周教官心中一急，就要往外跑。

田英瞪著裸身的老頭，認眞地問道：「還要去跑？」

周教官趕緊用浴巾圍起下體，笑說：「你就說！眞糊塗！剛剛在街上吃一碗關東煮，把錢包給弄丟了。」

「吃關東煮？我做的早點不好吃是嗎？」田英面現尷尬地說。

「不是啦！我好奇，我這關東人不知關東煮是啥玩意，所以今天特意帶上錢包去吃吃看，不想卻把錢包弄丟了。」

「你看你，丟了的錢怎麼還找得回來？」

「錢倒沒有多少，問題是裡邊還有些證件。我想不是丟在大街上，就是忘在小吃攤上了。」周教官仰著頭細思：「剛剛付錢的時候，好像順手把錢包往攤上一放，拿了找回的零錢，卻忘了收回錢包，一定是這樣。現在那小吃攤怕已經收攤了，也許明天去問問老闆看。」

正說著，忽聽門鈴響。田英對著對講機拖著長聲問：「誰呀？」

對講機裡的聲音也在問：「這裡是周老先生家嗎？」

「是呀！你是誰？」

「剛剛周先生忘記了錢包，我順路送回來。」

田英看了一眼老公，快步走出去，打開大門，看見一個胖墩墩的青年站在門口，一手舉著錢包，一手端著一個封起來的塑料碗。

「剛才你爸爸吃了一碗關東煮，把錢包忘在攤上。」

田英聽對方把老公誤爲老爸，不禁一陣臉紅，說聲「謝謝」，但又問說：「您怎麼知道我們的地址？」

「裡面有周先生的身分證。我正好回家順路。」

田英一疊連聲地說了幾聲謝，剛要關門，對方又開口說：「這一碗關東煮送給你媽媽吃，周先生說她也沒吃過。」

「我沒媽媽！」田英失口道。

「我是說送給周太太吃啦！周先生說她也是關東人，可是沒有吃過這個。」

這時候周教官也走出來，一見正是那小吃攤的老闆，就熱情地叫道：「我好糊塗，把錢包忘在你攤上，還煩你跑一趟。」

「沒關係，我也是順路。」老闆舉著那隻塑料碗又說：「今早還剩下一些，這一碗請周太太嘗嘗。」

「那眞不好意思！這樣吧，我付錢。」

「那怎麼成？」老闆用力搖著頭說：「這個算我請客。」

周教官一面接下，一面很過意不去地續道：「眞不好意思，麻煩你送回錢包，還要白吃你的關東煮！」

「別客氣，伯伯，應該的！」說著向周教官行個禮，轉身離去。

老闆走後，田英說：「眞不好意思的，人家好意送還錢包，還要白吃人家的東西！」

「就是說嘛！」

「我看讓我也做點什麼好吃的，改日還這個人情就是了。」

這句話說了，周教官也沒放在心裡，不想田英卻是認眞，隔了兩天，就蒸了幾籠湯麵餃，催促周教官晨跑的時候送給那小吃攤的老闆一籠，未料一連兩日周教官都沒遇到，兩人把幾籠湯麵餃都吃光了，也沒機會送出去。

三

天氣一日日熱起來，田英一直喊熱，衣服越穿越少。有一日田英到勝利市場買菜，在另一個平時不常走的出口，看到一個小吃攤圍坐著幾個客人，站在攤後張羅的人不正是他們想還人情的老闆嗎？田英走過去盯著老闆看。老闆一抬頭，立刻認出田英，笑笑地說：「周小姐，來吃碗關東煮！」

田英聽老闆叫她「周小姐」，忍不住想笑，就說：「俺吃過飯了。你在這裡做生意呀？周先生找你幾天，都沒找到。」

「找我？」老闆面帶詫異地問說：「有事嗎？」

「哎呀！要謝謝你啦！」

老闆立刻會過意來：「沒什麼啦！不需要謝的。有空請過來坐坐，吃碗關東煮，我請客。」

「眞不好意思！我們該請你的。」看老闆正忙著，田英說了聲「再見」，提著菜籃子喜孜孜地走回家，一面想著自己到台灣以後除了周家的親人，不認識一個別人，難得碰到一個這麼親切的本地人。第二天，田英就興致勃勃地蒸了一籠雞肉小籠包，除了留下幾個給周教官做早點外，自己一個未動，趁熱包起，趕到勝利市場，送給關東煮的老闆。

老闆仍在忙著招呼客人，接過田英送來的熱包子，雖然甚感意外，但立刻捏起一個送進口中，連聲稱「讚」，還豎起大拇指，使田英開心地笑起來說：「趁熱吃了吧！」

老闆看見田英笑得酒窩深陷，十分嫵媚，果然一個個地送進嘴裡，一面對其他客人大聲叫說：「這位小姐做的小籠包讚哦。」

田英聽在耳中，心中不免一動，想在家閒著也是閒著，若是像老闆似地擺個攤位賣小籠包，自己賺個吃喝豈不是件美事？回家後跟周教官商量，沒想到竟讓老公一口回絕了。

「你以為我養不起你嗎？就是我死了，你也可續領我一半的退休金，有現成的房子住著，夠你後半生無憂無慮了。」

一連幾天，周教官在晨跑時都未遇到賣關東煮的老闆，正要把他忘了的時候，他卻又出現在周教官的面前。這次他特意登門拜訪，穿了西裝，打上領帶，還提了一盒挺貴的水蜜桃，使周教官和田英都大感意外，趕緊讓進客廳待茶。

這小子。穿得人模人樣的，要幹啥呀？周教官弄不清客人的來意，只搭訕地說：

「怎麼好久沒見你的小吃攤了？」

「放暑假了，沒有學生，改在市場裡白天做。」

「原來如此。」周教官說：「我還沒請教貴姓？」

「敝姓林，叫林阿順，叫我順仔就好。」

恰巧田英端茶出來，就接著說：「林先生請用茶！」

林阿順紅著一張臉道：「叫順仔啦！」

「那怎好意思？」說著田英也欠身坐在一旁。

「大家都這樣叫，習慣了，叫我林先生，會覺得渾身發熱不舒服的。」

周教官插嘴說：「既然如此，我們就越禮了。看來順仔也是個痛快的人，大家交個朋友吧！」

順仔面帶羞澀地說：「是啊！是啊！這正是我的意思。從前我阿公在關東待過，一聽說周先生是關東人，就想起我阿公。」

「那是在日據時期吧？」

「是的，是的，其實我上小學的時候，阿公就去世了。只記得他說過關東有多麼多麼冷。」

「冷是冷，習慣了就好。」田英說：「台灣這麼熱，才讓人受不了。」

「這麼熱的天氣，還穿得這麼整齊？」周教官看著順仔一身西裝忍不住要笑。

兩人調侃的眼光把順仔看得很不舒服，唯唯諾諾地說：「這……這……其實我開車來的，車裡有冷氣，房裡也有冷氣，還好啦！」

三人聊了一陣子氣候的冷暖，原來順仔想去遊關東，希望將來可以和周家結件而行。順仔走後，田英對周教官說：「這點小事，幹麼還送水果？」

周教官說：「我也搞不懂現在的年輕人。」

四

當天夜裡周教官接到從美國來的長途電話，大媳婦氣急敗壞地說大兒子車禍進了醫院。大媳婦是美國人，所懂的中文有限，周教官雖然可以說一點英文，但要弄清楚眞正的情況也很難。周教官擔心地一再問兒子的傷勢有多嚴重，對方中英夾雜囉囉嗦嗦說了一大串，反倒把周教官弄得更加糊塗。天亮了，周教官把田英叫醒，告訴她昨夜發生的事，並說：「看樣子我得去一趟，不然不放心。」

「我陪你去吧！」田英說。

「不必！你去了沒什麼作用，而且要多花一筆旅費，何況你現在還沒有台灣的戶籍、台灣的護照，在台灣，你還沒有『人權』哪！再說，美國的簽證，辦起來也很麻煩。我去去就來，你就留在家裡看家吧！要是覺得寂寞，我叫美鳳從台中來陪你幾天也行。」

「不要！不要！」田英馬上拒絕，因爲周教官的大女兒美鳳比田英年齡還大，見面總不知如何稱呼，尷尬得很。「人家要管孩子，要伺候老公，怎麼走得開？我喜歡一個人輕鬆輕鬆。」

「跟我住，不夠輕鬆是不是？」

「不是啦！」田英知道自己說錯了話，急忙掩飾道：「我不是這個意思，我只想說一個人住沒問題，叫你不要掛心。」

其實田英一個人留在台灣，心中難免忐忑，但周教官說得合情合理，也沒理由非要跟去不可。周教官前兩年剛去過美國，有現成的護照和多次出入美境的簽證，只需訂好機位、買張機票就可成行。

過了幾天，田英送走了周教官，獨自住在偌大一座透天厝裡，忽然覺得心中慌慌然若有所失，一個人從二樓的臥房跑到樓上的空中花園梭巡一番，澆澆周教官細心培養的花草，再走下底樓的客廳，打開電視機，立法委員正在口沫橫飛地爭吵，關上電視機，不知要做什麼才好。平常周教官在的時候，還要動動腦筋做些周教官愛吃的飯食，如今自己一人，反懶得動手了。想了想，拿起菜籃和錢包不如到勝利市場去買點菜吧！

買了幾把青菜，心中似有所感，轉到另一入口，就是順仔擺攤的地方。這時還不到十一點鐘，早餐的時間已過，午餐還未到時候，順仔的攤上空蕩蕩的，順仔正坐在一旁抽菸，一眼瞅見田英，馬上站起來笑道：「周小姐，多日不見了。你好像不常來買菜嘛！」

田英也笑說：「就兩個人，買一次足夠吃好多天的。」

順仔趕緊拉出一張凳子，用圍裙抹了一下說：「請坐！請坐！想吃點什麼？」

「我什麼都不吃，我還不餓。」

順仔坐在田英斜對面，正好對著她有酒窩的臉頰，覺得田英今日特別好看。「周先生好嗎？還是每天晨跑？」

「周先生去了美國，去看兒子去了。」

順仔疑惑地問道：「是看令兄嗎？」

「不是我哥哥，周先生不是我父親。」

「對不起，我還以爲你是周先生的女兒。」

「我可不是！」田英原想實話實說，但不知爲什麼臨時又覺得說不出口，遂道：「我只配做他的乾女兒，我姓田。」

「甜？有甘蔗甜嗎？」

「別取笑！是田地的田啦！」

「那麼你是田小姐，歹勢，我一直叫周小姐，你也沒矯正我。」

「都一樣，怎麼叫都沒關係。」田英一面說話一面下意識地去攏頭髮，因爲天熱，穿著無袖的襯衫，兩條臂膀光裸裸地露在外面，忽然警覺順仔的眼光直直地盯著自己的腋下看，遂趕緊放下手來，眼光也隨著垂下，嘴角卻仍含著笑意。

順仔忽然站起身來說：「田小姐，你等我一下。」沒等田英回答，順仔就一溜煙跑了。不多一會兒順仔提了一隻塑料袋回來，拿出兩隻塑料盒說：「我請你嘗嘗我們台南有名的擔仔麵和蚵仔煎。」

「哎呀！我還不餓的。」田英靦覥地立刻站起來，不想卻被一雙厚實的手掌按在肩上，不由得又坐下去。

「這個你非吃不可，身在台南，沒吃過關東煮沒關係，沒吃過蚵仔煎和擔仔麵就等於沒來過台南！」

田英望著兩盒食品尷尬地笑著，看了順仔一眼無奈地說：「我吃！我吃！可是太多了，我們每人吃一樣吧！」

「這個我常吃的，別客氣！我不是也吃過你做的小籠包子？我一點都不會客氣的。」

田英吃下這兩樣東西後，挺飽，可以不必吃午飯了，心中卻覺得又欠下順仔一番情，盤算著如何償還。

五

田英接到周教官從美國打來的長途電話，說大兒子車禍不嚴重，已經出院了。不過他還要到東部二兒子家住幾天，要晚幾日回來，問田英一個人會不會寂寞，又提起叫美鳳來的事，田英仍然一口回絕，說一個人不會寂寞。

其實，田英說的不是實話，每天獨自在家，無所事事，只能看看電視消磨時間。吃過晚飯後更覺難挨，看過新聞，再看八點檔的連續劇，然後提前上床，卻又睡不著，輾轉反側，胡思亂想，非到十二點以後無法成眠。

有一天晚飯後正在看中視沈春華播報新聞，忽聽門鈴響，急急跑出去開門，原來又是順仔，一張紅撲撲的笑臉掛著汗珠。

「田小姐，今晚有空嗎？能不能賞光跟幾個朋友去唱卡拉ＯＫ？」

「咱沒唱過唉！」田英說。

「很好玩的，有伴唱帶，只須跟著唱就行。」

田英想了想說：「改天吧！」

「去嘛！賞個光！」順仔哀懇地說：「我知道你現在一個人在家，多無聊呀！」

田英實在很猶豫，雖然覺得順仔是個誠懇的人，又認識很久了，但畢竟沒有一同外出過，何況周教官又不在家，心中覺得不妥，同時又不忍違拂順仔的好意。

「離這裡不遠，就在中華路上，放心，唱完後我送你回家。」順仔再加催促。

「那麼你等等，我去換件衣服。」田英算是下了決定，反身進去，換一件外出的衣服，鎖上門，坐進了順仔的汽車。

「田小姐來台灣也不少時候了，有沒有到處走走？」順仔一邊開車，一邊問。

「還沒有呢！周先生年紀大了，出門也不容易，我自個兒，沒有人帶著，不知要到哪裡去。」

「什麼時候到花蓮去看看，我可以做嚮導，我是在那裡出生的。」

「你不是台南人啊?」

「是啊!我阿爸是,可是後來他在花蓮工作,所以我出生在花蓮,小學上到五年級的時候又搬回台南來了。」

說話間已到了中華路上的一家卡拉OK,田英從未到過這種地方,覺得很新鮮。進入燈光黯淡的包廂,已有一男一女坐在那裡,見他們進來,立刻站了起來。

順仔介紹說:「這位是大陸來的田小姐。」

「我叫田英。」田英接著說。

「這位是我中學的同學黃樹彬,這位是阿彬的女朋友淑娟。」

大家握了下手,坐下後,服務生送來了啤酒和一大盤零嘴,每個人選了幾樣,順仔開始放伴唱帶,大家跟著唱歌。

田英畢竟還年輕,不一會就忘乎所以地跟大家唱起來,唱一會,大家又碰杯喝酒,嘻嘻哈哈地說說笑笑,這是田英好久沒有的經驗了,使她想起在長春結婚前跟中學同學胡鬧的時代。那時候正逢鄧小平實行改革開放,雖然物質生活還有限,但精神上感到鬆綁後的暢快,至少大家不再彼此監視,動輒得咎。田英本來天性愛玩愛笑,被同學冠以「小野貓」的綽號,但結婚後漸漸懂得人間的複雜,又遭喪夫之痛,才變得一本正經起來。過了一會，在酒力催促下，阿彬與淑娟不能自持地退到暗影的一角擁吻起來。順仔也挨得更近了，望著田英的眼神使田英感到尷尬，只好舉起杯來跟順仔碰杯。順仔吐出的熱氣吹在臉上暖烘烘的，順仔穿牛仔褲的大腿圓鼓鼓地幾乎貼在自己的腿上，順仔的手有時會有意無意地放在自己的臂上，甚至腿上，在酒力催逼下放肆變成親切。樹彬與淑娟發出輕微的喘息聲，兩人忽然站起身來，不聲不響地走出包廂，留下順仔與田英兩人。順仔忽然一下抓起田英的手，先是握在自己肥厚的大手裡，繼則把田英的手拉過來撫在自己胸前。田英都沒有掙脫，感到順仔的心臟咚咚地跳著，感到順仔皮膚的滑膩和熱度。順仔的另一隻手用力把田英攬過來，一張嘴已貼在田英喘息的嘴上。田英內心裡本想掙脫，但她的身體卻不聽指揮，她沒有這種經驗，不但跟周教官沒有，即使跟她的多病的前夫也從來沒有過如此的激情，如此感受到一個健壯的肉體的溫熱與刺激。她不由自主地回吻著順仔，而且大膽地讓順仔握著她的手下移下移，直到她感到她的手觸到一條長大圓鼓的東西，隔著牛仔褲隱隱地勃動。她的身體再也無能自主了。

六

周教官見大兒子出院無事，留了幾百塊美元給美國兒媳與孫女，表示作公公與祖父的慷慨，雖然他覺得兒子自從娶了洋媳婦之後對他的態度大不如前，便飛到紐約去看老二。

老二在電腦公司任職，收入雖然頗豐，但家居卻不寬敞。媳婦是說廣東話的美裔華僑，有一女一男兩個小孩，大的念中學，小的才念小五。周教官到了兒子家，老二便讓讀小五的兒子睡客廳的沙發，把臥房讓給爺爺。第一天還沒有問題，第二天孫子便吵著討回臥房，說什麼也不肯再睡客廳。老二沒法子，只說把自己的臥房讓出，周教官看著媳婦的臉色，哪裡肯依，嘴裡一疊連聲地說：「我睡客廳，我睡客廳，沒有關係！」嘴裡雖說「沒有關係」，心中卻不是滋味，因此只留了三天便決定打道回府了。幸好我還有田英，兒子哪裡可靠？尤其花了大把銀子培養出來的這種半洋人，早把什麼孝道拋到九霄雲外去了！娶田英的時候，兩個兒子還不以爲然，認爲老爸荒唐，娶個年齡相差這麼多的太太，人家若不是看上將來可以繼承一份遺產的份上才怪。像田英這麼老實的人，哪裡像圖謀財產的？倒是老大、老二，還有他們的老婆，心中想些什麼，不能不讓人起疑，幸虧自己明智，老來才不致看兒孫的面色過日。

周教官又帶著沉重的心情返台，說是又，因爲不止一次有如此的心情，但畢竟是自己親生的兒子，隔一段時間似乎忘懷了，於是再經驗一次，又再度陷在落寞淒涼的心境中。每逢一次新的創痕，都切在舊有的傷口上，覺得特別的痛。然而，這一次似乎有些不同，在痛中增加了一份不在乎，去他的！什麼兒孫！兒孫自有兒孫福，不再為兒孫做馬牛！我有田英就夠了！正像介紹田英的大表妹所言：「表哥，你這大把年紀，沒人照顧怎成？如今靠兒孫是難了！你兒子遠在美國，聽說美國人老了都被兒孫往老人院一擱了事，怕你兒子也學會美國人這一套，將來把你擱在老人院裡不聞不問，多麼悽慘！倒不如趁著現在手腳還靈便，自己找個老來伴，平常多個人料理家事，碰到有個病痛，也有人噓寒問暖。」眞的，如今，我有田英呢！

因此，這回周教官返台的心境不像以前那麼淒涼、那麼慌慌然有若喪家之犬。

周教官從桃園機場打電話回台南，聽到田英的聲音，心中好生喜悅，好像是眞正自己的親人。回到台南家中，田英馬上一頭栽入廚房，說是要給周教官接風，其實是躲避與周教官四目相對。不想周教官跟到廚房，舉著一隻絲絨的盒子對田英說：「你看我給你買了什麼？」

「先放在外邊好不好？我現在沒空看。」田英板板地說。

周教官不免楞了一下，覺得田英的態度好生奇怪，不像過去那麼興致勃勃的樣子，只好自己退回客廳去看電視。怎麼回事兒？幾天不見就生分了？握著遙控器一直轉台，不知演的什麼。過了好久好久，才聽見田英喊他到廚房吃飯。田英把最後一道菜擺上餐桌，一面在圍裙上擦著手，一面低垂著眼簾說：「這些菜都是你愛吃的。」

周教官舉起筷子指著對面的座位說：「坐啊！坐啊！難為你做這麼多菜，我們兩人哪裡吃得了？」

田英坐下去，一再為周教官夾菜，自己卻吃得很少，臉上偶然露出勉強的笑容，似乎心事重重，兩人不時交換一兩句無關痛癢的話語，都沒有什麼連續性，甚至田英沒有仔細問周家老大的傷勢及老二的近況，這一切都被周教官看在眼裡。

飯後，田英收拾了碗盤到廚房去洗，一洗洗了老半天。平時，晚飯後是兩人坐下來看電視的時間，一面看，一面評論，不管是電視新聞，還是連續劇，都覺得熱熱鬧鬧，今天似乎不同，田英一直沉默著，對周教官的議論也不回應。最後，周教官看看手錶已經十點多鐘，一向早睡的周教官因為覺得田英有些異常而拖延了就寢的時候，看看實在晚了，便站起身來道：「不早了，睡覺吧！有話明天再說。」話剛說完，田英忽地站起身，一骨碌跪在周教官面前，未開口眼淚已紛紛地落下。

周教官吃了一驚，心通通地跳個不停，忙用手去攙扶，嘎聲道：「怎麼啦？」

「我對不起你！」田英抹著淚說：「我們還是離婚吧！」

「你說什麼？離婚？爲什麼？」

「因爲……因爲……你不看我們年紀的確相差太大了嗎？」

「是你說年紀不成問題的！」

「那是我的錯誤，請你原諒！咱感謝你把我帶到台灣，現在咱只求離婚，不要你什麼！」

周教官一時矇住了，沒想到一次美國之行回來竟發生如此的問題，扶不起田英來，自己只好坐下去，喘了一會氣才道：「到底發生了什麼事，在我不在的時候？」

田英把發生在她和順仔之間的事一五一十地告訴了周教官，她承認愛上了順仔，希望跟順仔走。他媽的！這娘們！周教官一時氣得說不出話來，很想痛揍她一頓，但不幸此時感到渾身疲軟，連手都舉不起來。兩人這麼無言地對峙著，有好大一會兒，周教官才恨恨地道：「你太叫我失望了！睡去吧！睡去吧！其他明天再說。」

七

周教官不再理會田英，自己進房躺下，無奈千條萬縷的思緒紛至沓來，無法進入睡鄉，加上跟美國的時差，現在正當美國清晨時分，更加難以合上雙目。難道讓兒子說對了，娶回一個年紀如此年輕的女人完全是自己的糊塗？可是當時爲什麼田英本人、說親的表妹以及大陸上的其他親友都沒認爲年紀是一個重要的問題？反倒一力促成？難道說田英不過是利用我到台灣來？如今目的已經達到，我這老頭自然再也沒有利用的價值！可惡啊，可惡！想到在美國爲田英買回的鑽戒，恨不得爬起身來砸個粉碎。翻來覆去，還是無法進入夢鄉。也不能光這樣想！田英看來不是個城府深沉的人，也許當時本有誠意，無奈後來發生了意外，而這個順仔還是由自己引來的……窩囊啊，窩囊！要不是自己一時好奇去試吃什麼黑輪、米血、關東煮，也不會引出如今的結局！唉！都怪自己老了嘛！人家還年輕著哪！年輕的女人總是禁不住誘惑，就是沒有順仔，以後也難說不會遇到其他年輕的男子，結果還不是一樣？問題的癥結還是自己太老了，不錯，自己太老了！老人，就該認命，被年輕的妻子拋棄，被自己的兒女拋棄，總之，衰老的生命沒有人珍惜！滯留在大陸上的父母，自己又何嘗盡過一點一絲孝道？經過反右運動、三面紅旗、文化大革命，兩老被整得遍體鱗傷，奄奄一息，終於沒有熬到對外開放的時代，使自己奉養的心意成空。兩滴清淚沿著面頰流淌到因新婚而特製的鴛鴦枕上。怎麼辦呢？氣功師傅說過：「以德爲本，萬事吉祥。」是的，她的心都已經變了，我又能拿她如何？

經過一夜的輾轉反側，周教官剛剛合上眼，忽又驚醒，見天色已亮，摸索下床，聽見廚房中有聲音，知道田英已經起身，可能正在弄早餐，於是大聲叫說：「田英，你來！」田英像個待宰的囚徒低著頭走進房來。

「田英，我告訴你，」周教官平靜地說：「你去吧！我考慮了一夜，我覺得一個人不能太自私，我已經是一個日薄西山的老朽，你呢，年華正茂，你該有你的前程。我不怪你，我也不留你。」

田英又撲通一聲跪倒在地，痛哭失聲地說：「爸爸！謝謝你！」

「你叫我什麼？」

「叫你爸爸，一開始我就覺得你是我爸爸。」

周教官搖了搖頭說：「不過，我要見一見順仔。」

「你想羞辱他嗎？」田英擔心地問。

「幹麼要羞辱他？我只是想讓他知道：容易得來的，不可輕易拋去！」

尾聲

田英跟周教官離婚後與順仔結褵，認周教官爲乾爹。夫妻兩人後來開了一家小吃店，專賣北方的麵食，生意不惡。兩人不忘周教官的恩惠，比周教官的親生子女還要孝順，看來周教官預期有一個安逸的晚年吧？

二〇〇三年八月六日

無可迴轉的時光

在吾離家的那段日子，
伊定是常常倚門而立，
巴巴地望著盼不見的人影，
清晨、日暮，無望的期盼令人心碎。
吾對伊勿起！
為何不懂疼惜值得疼惜的人？
不知珍惜快樂的時光？
生命中的快樂何其短促，
又何其脆弱，一不經心就碎作片片。

院裡的桂花時開時謝，終年不斷。這是多年前栽植的，在那以前院裡本無桂花，不但無桂花，也無其他花草。

這裡沿著一條潺潺的小溪原是一片果園，有橘子和芒果，主要是橘子，春天開起滿樹的小白花，夏季青綠的果實逐漸轉黃，到了秋天成熟期便是黃金滿樹了。小溪灌溉著果園和附近的稻田，豔綠而細長的水草隨著清澈的水流左右擺動，裡面不缺供孩子們捕捉的小魚、小蝦，還有躲在石縫裡的小螃蟹。果園是祖父從清朝末年經營的，歷經父親一代，在日據時期，雖日漸艱難，卻仍能維持不墜。光復後，果園中所產的橘子除了供應本地市場，還可外銷大陸，有過一段好日子。可惜後來國府撤退台灣，外銷大陸中斷，不幸橘樹又染了白斑病，父親乾脆砍了橘樹，把土地出售大半，幾棵芒果樹反倒留了下來。父親晚年，遇到克難時期，家境日窘，不得不再賣出些土地，維持家計。房屋周圍的園地日漸縮小，但仍夠孩子們追逐嬉戲的空間。

再也沒有想到如今竟縮成三十坪不足的這麼個小院子，除了栽植兩株桂花，幾盆杜鵑和一蓬九重葛外，容不下其他的樹木。小溪不知何時消失不見了，而原來周遭的稻田，也一一地興建起民居，使得附近的街道錯綜複雜，歪歪扭扭，幾步走到永康的中正路，左轉直通台南市的開元路，幾乎變成台南市的一部分了。

院中的花草多半出自老伴之手，自伊走後，日升日落、月圓月缺都已不再進入春雄伯的心坎。平淡的日子，正如平淡的飲食，只要能維持生命，滋味並不重要。因爲時間的久遠，伊病弱的體態漸漸在記憶中淡去了，出現在春雄伯夢中的常常是伊青春正盛的身影，穿過一片草地，從芒果樹下的陰影裡走出，身著綠底白花的洋衫，滿面含笑地迎面而來。伊本是個快樂的人，愛笑，愛玩，那時候到台南市的赤崁戲院有好遙遠的一段路程，每逢有歌舞表演或耳聞的佳片，二人總不辭辛苦乘坐顛顛簸簸的公車，路經黃土飛揚的土路乘興而去，再乘興而回，兩人在公車上交換著觀後的心得，伊的面色漲得緋紅。後來伊一連生下四個兒女，撫育幼兒、操作家事死死地纏住了伊，再也沒有多餘的時間讓伊盡興地玩樂。但是園中充滿了兒童的嬉鬧聲，好像歷經很久很久的時光。後來伊的軀體就漸漸地衰弱下去，笑容也越來越少了。

實在是對伊勿起，忽然間冒出一個阿秋，一個大眼睛的女孩，使吾迷了心竅，竟長達三年棄伊於不顧。伊不曾有一句怨言，只默默地等待著，等待的其實是不可知的未來，但伊竟那麼篤定地認爲吾終會回到伊的身邊。誰知後來一切都太遲了，伊失去了最疼愛的幼兒，吾才重歸家園，伊卻一日日消弱下去，切去一隻肺囊，仍不能挽救伊的生命啊！伊裝作若無其事的模樣，其實是痛苦的，說不出口的痛苦更其難耐啊！在吾離家的那段日子，伊定是常常倚門而立，巴巴地望著盼不見的人影，清晨、日暮，無望的期盼令人心碎。吾對伊勿起！爲何不懂疼惜值得疼惜的人？不知珍惜快樂的時光？生命中的快樂何其短促，又何其脆弱，一不經心就碎作片片。如若時光可以迴轉，吾會活出另一種樣貌嗎？

從何時起，春雄伯成爲一隻孤鳥棲息在這雖小仍大的一座透天厝中？似乎已不復記憶。吾總是如此的，總是如此的孤家寡人，多久不再有孩子們的信息？他們還活著嗎？在另一個城市，因爲路途的遙遠，使人不復記憶。太多過往的人和事都退去清晰的輪廓，有時似有似無，像偶然的一個夢境；有時竟全無痕跡。吾本來即是一無所有啊！那些快樂的共處的時光都不過是吾的想像罷了。當春雄伯坐在藤椅裡，合上眼睛，讓吱喳的鳥聲注入耳鼓的時刻，小小的庭院似乎又再度鋪展開來，芒果樹、草地、潺潺的小溪以及遠處的青山、綠野，孩子們攀爬、追逐在芒果樹間。笑著，鬧著，尖銳的叫聲，忽然一個較小的兒童的哭聲，然後又是笑聲，躂躂的腳步聲，芒果墜地的聲音，小溪中潺潺的水聲，遠方的雞啼，一隻鳥展翅的聲音，風輕輕吹過樹梢……然後春雄伯沉入睡鄉。

每星期歐巴桑來家打掃一次清潔，她是個愛清潔的老婦人，衣衫穿得整整齊齊，頭髮用花色的頭巾包裹著，有時還穿著雨鞋，以俾洗刷、沖水的方便。她先把春雄伯換下來的衣物放進洗衣機，然後從客廳開始清理，然後臥房，撣去灰塵，用抹布拖淨地磚，最後清洗廚房，收起積存的垃圾，裝進垃圾袋，以備離去時帶走，洗過手，把衣服從洗衣機中取出，一件件仔細地晾在曬衣架上。當春雄伯將清潔費遞在她手中的時候，她總是謙卑地說聲謝謝。

很久以前，春雄伯請歐巴桑幫忙，在前庭的遮陽棚架下擺了張茶几、兩張藤椅，茶几下的抽屜裡擺著茶具，還有一副象棋，專等幾位老友過訪時一起品茗、下棋。時光正像每日移動的日影，看似停歇在那裡，其實在暗暗地流動著，而且流動的速度與人的年齡成正比，當年齡增長時，時光也似乎在加速前進，轉眼間幾位飲茶對弈的老友也都相繼棄世了。還記得呂桑的爽朗的笑聲，一頭白髮在夕陽中映呈金黃的顏色，到了晚年，依然保持皮膚的潤澤，令人不禁想起鶴髮童顏這句老話，只可惜後來臉上生出一塊塊的老人斑，不意一次心臟梗塞竟要了他的命。在大學任教的陳桑恰恰相反，很注重外表，以致時常染髮，頭髮總是漆黑漆黑的，臉的顏色也似乎追隨著頭髮的色澤，一日日黑起來，黑到令人感到離奇的時候，去醫院一檢查，才知患了肝癌，不幸又到了末期，只有換肝一途。兒女都遠在外地，在等待換肝中就萎謝了。還有林醫生，雖並非時常走動的老友，但有同窗之誼，也多次來家一起呷燒茶話舊，竟也於最近謝世，一生救治別人，卻救不了自己。

當同時代的人逐漸一個個失去蹤影的時候，這個世界好像也變得陌生起來，人們熱心的話題與自己越來越無關痛癢，電視上、報章上所談論的政治、經濟，什麼兩岸關係、大陸台商、核四復工、反核遊行、公投制憲、一邊一國、立法院和各級議會爭吵的種種課題，聽不出癥結所在，對於來龍去脈也不甚了了，好像與自己無關。看看也只是爲了打發時間，隨看隨忘，進不入心中，只有天上的白雲，悠悠然地飄過頭頂，吸引住春雄伯的眼光，時光這時似乎靜止了，等他感到倦怠而低垂下眼簾，不知何時那塊白雲竟也消失不見了。桂花的香氣陣陣襲來，春雄伯舉起茶杯，呷一口燒燒的釅茶，對著空氣說：「呂桑，你到底功力不足，不是吾的對手啊！」春雄伯獨自呵呵地笑著，一如呂桑仍然坐在他的對面。他最愛同呂桑對弈，因爲他的確棋高一著，在把呂桑將到無路可走，或殺得片甲不留的時刻，看到呂桑那種無奈、尷尬的表情，確是從心底感到極大的愉快。陳桑則恰恰相反，雖然棋力不夠高明，但卻常常使用狡猾的手段而獲勝，譬如利用偷襲法，在春雄伯一時失神時吃掉他的關鍵棋子。吾的棋力你能比嗎？只要吾再精神專注一些，專注一些……

春雄伯好久沒有走出家門，歐巴桑來清掃時順便帶來一些蔬菜、水果、麵條、雞蛋等春雄伯日常食用的物品。歐巴桑注意到最近春雄伯走路時有些腳步不穩，畢竟是八十多歲的老人了，他的子女在何處？沒聽春雄伯說過，也許應該通知一聲社會局的吧！

歐巴桑出門時，春雄伯站在院中，灰色泛紅的小眼睛正睇視著她的面龐，嘴裡喃喃地叫出一聲「靜子」。歐巴桑詫異地楞在當地。

「你不要走！」春雄伯輕微地說。

「我不是靜子！」歐巴桑同情地望著春雄伯說：「我是來替你清掃的歐巴桑。」春雄伯似乎忽然醒悟過來，拍著自己的額頭道：「喔，歹勢！」說著從衣袋中掏出固定的清潔費遞給歐巴桑，她謙卑地道聲謝，提起收好的垃圾袋走出門去。

門咯噔一聲從外合上。春雄伯坐進他的藤椅裡，夕陽已經斜斜地照上春雄伯的半個面龐，他舉起茶杯，在送到口唇之前，忽然又聽到兒童的喧譁聲從遠處傳來，抬眼望去，遠處芒果樹下的草坪上大大小小的四個孩子相互追逐著，芒果樹上的芒果已經黃了。最小的一個放聲大哭，其他的幾個仍然不停止地嘻笑著。

「別哭啊，孩子，別哭啊！靜子！靜子！你快來看啊！」春雄伯輕輕地呼喚，想站起身來，但他沒有動得，只有茶杯咣噹一聲掉落在地上，碎了。

二〇〇三年八月十二日

大億麗緻 來去

不要說在戰爭的時候彼此無情的殺戮，
即使在平常的日子裡不是也常見夫妻互戮、手足相殘？
甚至於兒子會下手殘殺自己的親生父母，
父母也會無情地把兒女置之於死地。
這樣的行為一旦擴散開來，
不需外力的干預，
人類自己就把自己毀滅了，是不是？
與其讓這種無德的族類霸佔著一個美麗的星球，
何不把有限的空間讓出來？

台灣的經濟日益惡化，失業率從百分之三直升到百分之五點多，特別是大學剛畢業的學生，要想立刻就業，猶如爬天梯。

鄭志剛本來去年就該從成功大學物理系畢業的，只因懼於就業困難，才多念一年。如今學分早已超過需要，賴不下去了，唯一的辦法是考入研究所繼續深造。但不幸的是報考的幾所心目中的公立大學都一一失利，私立大學又不曾報考，看來勢必要面對就業這一個棘手的問題了。父親要他去見一位在台南科學園區擔任經裡的遠房表哥劉天祥，從未見過面的親戚會有用嗎?爲了向父親交代，一向不善交際的志剛還是硬著頭皮去見了，除了擾了一頓午餐，聽了一場對時局、對台灣經濟的牢騷之外，一點實質的用處也沒有。正在焦心的時刻，意外地在報上看到一則徵求研究助理的廣告，除了要求詳細的履歷外，還要付上一張三吋的彩色照片。雖然研究的不是物理，而是環保，自忖物理與環保也非絕不相干，何不去試試自己的運氣?寄去了應徵函，光景不到半月就接到一通電話，對方是一個嬌滴滴的女聲，自稱是林小姐，口氣十分溫和，在問過志剛的學經歷、志趣後居然要約去面談，奇怪的是，地點不在任何辦公處所，而是約在台南市甫開幕的大酒店大億麗緻的風尚餐廳。

志剛準時前往。「大億麗緻」是個奇怪的名字，不易記住，英文寫作 Tayih

Landis，看來也非外文中譯，眞看不出有何含意，在今日追求怪異的時代也算具有某種廣告的效力。及至到達，才發現是一座嶄新的巨大建築，華麗壯觀，在台南的大酒店中不算數一也算數二了。進門後是一間寬敞的大廳，迎面是一排上樓的電梯，左手是酒店的 lobby，右手就是風尙餐廳了。

步入餐廳，志剛問帶座的小姐要找林小姐，轉過屏風，志剛被帶向靠窗的一張餐桌，那裡果然坐著一位裝扮入時的女士。見到志剛後，略略欠身微笑，示意志剛坐在她的對面。林小姐看來不過三十來歲的年紀，黑色的洋裝上別一個銀亮的領花，頭髮染成棕中帶紫的顏色，臉上薄施脂粉，口唇卻塗成鮮紅色，使志剛覺得有點像著名的玩偶芭比娃娃。

「我們一面用餐一面談好不好？」林小姐首先起身，志剛也跟著站起來。這裡是自助式，志剛夾了一大盤，特別多拿了幾片最愛吃的生魚片。志剛見林小姐只夾了幾樣青菜，心想女士怕胖，故多偏素食。

「鄭先生學的是物理，難得對環保也有興趣。」林小姐俟志剛坐定後先開口說：「其實我們所要求的助理，分別來自不同的領域，只要身體健康、具有服務的熱誠，都可以勝任。」

「工作的性質……」志剛帶些靦覥地啓齒問說：「可以先說說嗎？」

「啊，鄭先生像所有的應徵者一樣，最關心的就是工作的性質。其實我們所要求的工作並不困難，主要是陪伴我們的客戶參觀名勝古蹟，向客戶解說環保的問題。」

「那麼研究指的是什麼呢？」

「研究麼，其實指的是應徵者必須具有一定的學養，並非要坐在研究室進行分析實驗。」

「喔，原來如此！」志剛感到有點失望，但在這種一職難求的時代，哪容你選擇呢？

「那麼，待遇如何？」

林小姐嫣然一笑道：「其實待遇並不固定，全要看每位助理的服務態度和能力，態度好，能力強，贏得客戶的歡心，待遇自然就高啦！」

「沒有一個底薪嗎？」

「沒有！說得白一點，每位助理的待遇主要來自客戶所給的小費。有的客戶出手大方，一次幾千元也是常事。」

志剛有點迷惑。「只解說一些環保問題，客戶會給幾千元嗎？」

林小姐又笑了，這次甚至發出咯咯的聲音。「鄭先生看來眞是剛走出校門的學生，不太了解我們社會上的一些需求。一般說來，每個人的需求是不同的啊！」

志剛立刻心生警惕，難道並非是什麼研究助理，而是……

「這樣說來……也許……也許……」志剛有些說不出口了，喘了一口氣才又繼續道：「我還是不太明白工作的性質！」

「我說過了，工作的性質因人而異，全看顧客的需要而定。」林小姐又笑著說。

志剛只好把話說白了：「如果顧客有非分的要求呢？」

林小姐收了笑容，板起臉來道：「通常我們的客戶都非常人，當然他們提出的要求也並不是一般的。但是據我的觀察，鄭先生身體健康，這些要求，鄭先生你都足以應付，沒有問題的。應徵的有數百人，我們選出了鄭先生你，不是沒有原因，因為你正是我們要找的人。」

志剛正吃著生魚片，被一口芥末嗆得幾乎咳出來，急忙用餐巾摀住口鼻。少停，抬眼望向林小姐，見她兩顆水汪汪的眼睛盯住在自己臉上，想到自己的面貌一向為人稱為英俊，身高一百八十公分，再加上在健身房裡練出的一身肌肉，不能不想到自己可能面臨的危險，於是進一步說道：「林小姐，請明說好了，你們的客戶是不是都是女性？」

林小姐聽了咯咯地笑起來道：「鄭先生你想歪了啦！我們絕不是色情行業。我們的顧客不限性別，但是他們都有來歷，也可以說他們負有某種使命。」

「某種使命？」志剛益發感到困惑起來。

「是的，他們是負有使命。你看我們現在的世界在資本主義的誘引下，人的欲望越來越多，越來越強，但地球的資源是有限的，未來不是遭遇資源耗竭的困境，就是國與國之間，社區與社區之間，集團與集團之間，族群與族群之間，甚至個人與個人之間，因爭奪資源而導致互相攻擊、互相殘殺，導致生靈塗炭。這樣的前景不夠嚴重嗎？」

志剛點頭稱是。

林小姐繼續道：「你看這樣的問題如何解決？」

「我不知道。我看，無法解決。」

「靠人類自己是無法解決！因爲人類的理性有限，而欲望無窮。」

「難道人類以外，還有誰可以解決嗎？」

「我問一個問題，在這個世界上有的人奮鬥終生尙不足溫飽，但是另有些人似乎不費吹灰之力就功成名就，是什麼原因？」

「我想那是因爲個人的機遇不同、智商不同的原因吧？」志剛帶點疑惑地說。

「不全是！」林小姐微微一笑：「有些功成名就的人忽然一夕之間消逝不見了，你不覺得奇怪嗎？」

「不知你指的是誰？我沒注意過。」

「譬如最近消失的張國榮……」

「啊，張國榮？他不是跳樓自殺的嗎？」

「表面看來似乎如此，但是你想一個又有錢，又有名，年華正盛，正受到觀眾喜愛的明星，會有什麼大不了的原因使他跳樓的呢？」

「有人說是感情的困擾，有人說是他患了憂鬱症，總之，事出有因吧！」

「是呀！外表看來總是如此。另外一個李小龍，也是年紀輕輕的就消失不見了。」

「聽說他死在情婦的床上。」

「問題是他也是有名有錢，正當盛年，身體又強壯如牛。不但中國如此，外國也不乏前例，例如瑪麗蓮夢露、詹姆斯狄恩、搖滾歌手貓王、披頭四藍儂，都曾經是眾人的偶像，但都在聲譽正隆、年華鼎盛之時消失不見了。還有美國前任總統約翰．甘迺迪……」

「他是被暗殺的呀！」

「仍然是外表看來如此。想一想像美國這樣科技先進、經濟發達的強國，難道會保護不了自己的元首嗎？FBI無孔不入的本領，會查不出兇手是誰嗎？」

「是有些奇怪！」

「何止奇怪？如果沒有外力的介入，簡直是不可能的事。」

「外力？我不懂你指的外力是什麼！」

「坦白地告訴你，人類的社會不是人類自己能夠操縱的！小自一國的政情，大至紐約股市的起起落落，看來毫無規律，其實背後都有一隻人類看不見的手。資本主義所以通行世界，也不是人類自願的。依人類自己的思維，也許更偏向社會主義的吧？可是社會主義說倒就倒，出乎很多人的意外，人類自己的力量怎能辦得到呢？」

「那麼這是誰的力量？誰來操縱人類呢？」

「那自然是另有……」林小姐用手指在空中畫了一下：「你現在尚不知的生靈存在。」

志剛瞪大了眼睛望著林小姐。後者又嫣然一笑道：「我不想嚇你，你是大學畢業生，學的又是物理學，當然了解在這個世界上有一些物理規律，譬如萬有引力，譬如動者恆動、靜者恆靜，譬如物質不滅定律等等……」說著林小姐用左手舉起那把亮晶晶的不鏽鋼食用叉子，志剛眼見那條鋼叉隨著林小姐纖纖的玉指像紙做的一般對折起來。林小姐依然微笑著注目志剛，又隨手輕輕地把對折的鋼叉撫平，回復原狀。

這個簡單的動作把志剛驚得目瞪口呆。他不禁也用手摸了摸桌上的鋼叉，堅硬得像石塊一樣。他是學物理的人，明白對面的女人若沒有特殊的功能或她根本不是一般的人類，是絕對不可能把一支堅硬的鋼叉隨手曲折的。

「你……你……你……」志剛開始口吃起來，「我是說……你是……」

林小姐向他笑瞇瞇地睒睒眼睛，志剛看到她的眼瞳像兩口黑色的深井逼近前來，他忽然感到一陣暈眩，一如自己的軀體不由自主的被那深井的力量吸食進去。他立刻雙手用力抓住身後的椅背。

「我原不想嚇你，」林小姐的聲音一時像來自遙遠的地方：「可是我們眞的需要你，不想節外生枝，所以才讓你知道一些眞相。如果你同意，我們就可立刻展開工作。」

志剛定了定神，不敢再直視她的眼睛，覺得自己平靜下去，才問道：「展開什麼工作？」

「自然是展開環保助理的工作，在必要的時候延續，或者……」林小姐停頓了一霎，抿一抿口唇續道：「乾脆毀滅人類！」

這句話又像一把鐵鎚般把志剛打昏了。他努力振作一下精神，清一清喉嚨說：「毀滅人類？太嚴重了吧？」

「是的，很嚴重，但這是人類自取的命運！你沒看到人類對自己有多麼殘酷？不要說在戰爭的時候彼此無情的殺戮，即使在平常的日子裡不是也常見夫妻互戮、手足相殘？甚至於兒子會下手殘殺自己的親生父母，父母也會無情地把兒女置之於死地。這樣的行爲一旦擴散開來，不需外力的干預，人類自己就把自己毀滅了，是不是？與其讓這種無德的族類霸佔著一個美麗的星球，何不把有限的空間讓出來？」

志剛低垂著頭喃喃地說：「你看到的只是人類的一面，也有……也有很多人充滿了愛心，相扶相助，企圖創造一個和平博愛的世界。」

「所以我說延續或者毀滅，全看人們自己的造化了。」

志剛搖搖頭：「我仍然覺得太過嚴重了。」

「對人類而言是相當嚴重，但站在人類以外的立場來看，又沒有那麼嚴重。」

「可是我是人類呀！」

「不錯，你是人類。但你一旦被我們選中，你就成爲『選民』，在人類的社會中你會順利地取得一定的地位和財富，你將會有左右人類的力量。但是必要的時刻，你也會像在你以前的那些功成名就的人士般突然離開人間。」

「喔，你是說像他們一樣意外死亡？」

「我不喜歡死亡這個字眼！離開與死亡不同，我想你了解中間的差別。」

「但是用我們的字彙，還是死亡。我必須接受這樣的條件嗎？」

「看來沒有別的選擇。」

「如果我不同意呢？」志剛聲調中不免有些怯懦。

「現在已經太遲了！」

「太遲了？」

「是的，太遲了！你問得太多，你知道得也太多。在你以前的人都是如此，只因知道得太多，而不能不俯就。其實一旦展開工作，沒有一個人會後悔他們所做的選擇，因爲作爲『選民』實在太有趣了，太幸福了，太不可思議了！你想，一般人類，不是常常因爲一些莫名其妙的極端愚蠢的毫無價值的想法而犧牲了生命，更多的人在不明所以的情況下成爲環境或他人的犧牲品。至於『選民』呢，他們一旦做出了貢獻，不但獲得出乎意外的報償，而且最後會被接引到另一個非你目前所可想像的世界，像在你以前的所有『選民』一樣。」

「什麼世界？」

「我現在無法奉告。你可以讀讀基督教的聖經，佛教的佛經，甚至莊子，都多多少少有些間接的描述。不過，目前有一把更簡單的鑰匙。」

「什麼鑰匙？」

「六十年前，有一個法國飛行員在飛行中無故地失蹤不見了，以後沒有發現飛機的殘骸，從此他就神祕地從人間失去了蹤影。如果他只是個普通的飛行員，沒有人會眞正關心他的下落，可是他是個大名人，是法國數一數二的作家，他的失蹤使世人驚異不止。但是人類有一項特質，就是健忘，過了一段時間，自然也就把這個飛行員作家忘了。然而，他走以前爲後來者留下了一把鑰匙。」

「一把鑰匙？」

「在他眾多的著作外，他寫了一本小小的書，書雖然簡短，可是至今暢銷不歇。在台灣至少有十多種譯本，我建議你去買一本來看，買聯合文學出版社出版的那個譯本，書名是『小王子』，鑰匙就放在那個譯本的第一三四頁上。」

志剛聽說過這本書，可是從未看過，於是俯身從手提包裡拿出記事本和原子筆把書名、頁碼和出版社都一一地記下來。當他抬起頭來時不禁「啊」了一聲，因爲坐在他對面的林小姐已經不見了。他立刻四下張望，都不見蹤影，走過屏風，望向大億麗緻的敞廳，有幾個來來往往的人，可都不是林小姐。他回轉進餐廳，心中感到詫異，好像作了一個夢一般。拿起手提包，招手詢問服務生，帳已經爲人付過了。

志剛低著頭走出風尚餐廳，看看腕錶，一點三十五分，不知下一步應該怎麼辦。

二〇〇三年八月三十一日

燦爛的陽光

每逢好天氣，
早早地老車就推著人瑞出門，
在富台新村的小巷裡來回轉悠，
這時他臉上的笑容跟初昇的太陽一樣燦爛。
自從老車知道自己的老媽
早已在大陸上三年饑荒時餓死以後，
老車不肯踏上大陸一步，
可神牽夢縈地總想像著
在故鄉那個小村子裡推著老媽散步，
就像現在一樣。

坐落在長榮路與開元路交會處的富台新村，是一個散布在台南市的較大的眷村，經過幾十年的風雨，早已顯露出破敗的面相，村口蔣中正總統題字的「養天地正氣，法古今完人」的對聯已有些漫漶了，村中原來粉白的牆壁，如今成了土黃色，還濺著各種顏色的斑漬，屋瓦上有的覆蓋著鐵皮，有的叢生著雜草，可以說越來越有虧「新村」之名了；跟周遭新起的高樓大廈對比起來，尤其顯得低矮、寒磣、醜陋。只有一樣依然透出一絲生氣，就是每逢春節各家的木門上都換貼一副嶄新的春聯，或至少也有一個倒立的「春」字或「福」字，皆用酣暢的墨汁寫在鮮亮的大紅紙上，表示這裡還住著關心迎新送舊的居民。政府說了多少年的眷村重建計畫，被眷村的人們說成是只聞雷聲響，不見雨下來。其實住在眷村裡的人好像住在另一個國度，在早先經濟起飛的時光，眷村依然如故，有辦法的人快快搬走，留下的都是些老弱殘兵，對外面的變化有些漠不關心。出人意表的，這幾年不知什麼緣故，居然突破了官僚體制的因循怠惰，不到一年的時間就把個偌大的眷村拆成一片廢墟。

在富台新村住了幾十年，一直住到退休，住到髮蒼蒼、視茫茫的士官長老車，反倒遇到有生之年最大的困境。人家都高興拿一筆拆建費，臨時租房，專候重建後住進體面的大樓。老車呢，雖然也拿了拆建費，可非常非常捨不得住慣了的這兩間平房。我日，樓房，哼！哪是人住的！在老車看來，人遠離了地氣，就像懸在半空裡的花草，吸不著大地的乳汁，遲早會委頓的。再加上，姓車，不著地的車，還能跑他娘的嗎？

說到姓車這件事，原來老車自我介紹時總說：「俺姓 Ju，車馬砲的 ju，不能唸作小包車的 che。」聽話的人不免支著耳朵問：「什麼？掘碼泡？」老車正色道：「俺說的是下象棋的車馬砲的車啦！」於是被矯正的人開始叫他「Ju 士官」，但是沒有被矯正的人仍然叫他「Che 士官」。老車咧咧嘴，自覺說話漏風，發音不準，再努力矯正一次。這樣過了幾年，每一次遇到不熟悉的人都有這樣的困擾，久而久之，老車也懶得再去矯正了，叫他「Ju 士官」他固然答應，叫他「Che 士官」，他也同樣答應著。最後竟然 che 聲佔了上風，如今大家都叫他「老 Che」了。娘的，叫俺車，就車吧！

這些年住在眷村的平房中，讓老車覺得跟在大陸老家的平房沒有多大的不同，對門是老郭家，左鄰是老周家，右鄰是老馮家，不是袍澤，就是舊鄰，都說著南腔北調的各地方言，平時互通聲息，有急事時不會袖手旁觀。其實，一旦搬進樓房，除了習慣上的問題之外，還有一層實際的困難，因爲老車已經年過七十，麻煩的是他還養著一個快要百歲的行動不便的歐巴桑。平常老車總會用輪椅推著人瑞在眷村的小巷裡繞一繞，使老人家透透氣、天冷的時候曬曬太陽，甚至推到長榮路的崧原生鮮超市去買些必要的日用品。一旦改住樓房，就是有電梯，可沒有在平地進出那麼方便了。如今在台南市除了眷村之外，哪裡還有平房可住？透天厝雖然好，可太貴了，即使只有二十來坪的，租一整棟每月少說也要一萬元，就那麼兩個老人，哪住得了？浪費！

這快百歲的人瑞，不會說話，見人只癟著嘴笑。其實，並非不會說話，而是多年不說話，漸漸忘了怎麼說了。為什麼不說話呢？因為兩人語言不通，人瑞本說閩南語，老車則是一口山東腔，說起話來鴨同雞講，越說越糊塗，反不如比比手勢來得痲利。這兩人常被人誤為母子，其實無親無故。

老車對這個無親無故的歐巴桑照顧得無微不至，多年來人瑞已經無力步行，白天坐輪椅，夜裡包尿布，吃飯也需人一口一口地餵食。人們會認為老車有嚴重的戀母情結，老車自己說在盡國民義務。狗日的，他們哪懂俺的心？人們常說：「人不自私，天誅地滅。」意謂自私乃人之天性，不自私毋寧是後天的修養。常見的情況是人們為了一己的私利，可以任意踐踏別人的權利；為他人著想的人，非常罕見。但是自私總有一定的限度，如果自私得過了頭，殘害了他人，就該歸入惡性重大一類。相反的，為人著想也有一定的限度，如果利他得過了分，就像老車伺候著一個本不相干的老人，會被人視為出格的大善人。從社會學的眼光來看，這兩個極端都是反常的，也可說都是一種病態。老車雖然曾經進入過好人好事的名人榜，但在別人的眼中他難免也有點反常。反常？俺反常？如今人心臭得像狗屎，壞得像狼心！老車對這樣的眼光或議論非常感冒，平常沒人敢當著他的面顯露出來，只能對他一口讚揚，因此眷村的人就常說：「再壞壞不過共匪，再好好不過老車。」老車做到的，別人都做不到，大家公認老車是非常之人。雖說老車養個不相干的歐巴桑令人敬佩，可老車也不是那麼處處與人為善的人，譬如說有一次他到路口買豆漿、油條，不知為什麼跟一個青年人起了爭執，二話不說掄起拳頭就打，別看七十多歲的老士官，拳頭依然夠硬，一拳就把對方打趴了。對方爬起來趕快跑。老車仍氣哼哼地罵道：「小流氓！不知死活！俺怕他！」

發起脾氣來，眞像一條牛，老車他。有一次到郵局領錢，取了錢，老車仔細察看存款簿子，發現少了一萬元，就問郵局的職員是怎麼回事。郵局的職員看了看簿子對老車說：「這不明明記著上個月你領走了一萬元嗎？」老車想了再想，都說沒有。郵局的職員找出原來的取款單說：「明明蓋的你的圖章，那可能你託別人代領的吧？」老車瞪起眼睛猛搖頭說：「不可能！錢嘛，很重要，俺從不託人代領。」郵局的職員不知如何對他解釋，乾脆不再理他。可老車忍不住發起火來，不但霸著窗口不肯離開，而且一手用力拍著櫃檯大聲嚷叫。坐在後方的主任趕過來好言排解，讓老車仔細想想看，這一萬元是否是自己領的。靈光一閃，老車忽然想起來，可不是爲了給歐巴桑買電暖器拿了一萬元嗎？雖然自知理虧，卻不想認錯，說是職員對老人不禮貌，又嚷了好一會兒才肯離開。大家都知道老車脾氣倔強又火爆，認死理，甚至他認的理不一定是理，平常沒人敢跟他頂撞，也可說怕他三分吧！奇怪的是他就對收養的那個人瑞特有耐心，這就是爲什麼人們覺得他有點反常的道理。

伺候個老人，對老車而言實在算不了什麼，退休之後正覺得無事可做，自己孤家寡人，每天除了跟隔壁的老周下下象棋，不知道要幹什麼。老車最掛念的本是遠在山東的老母。無奈開放對大陸探親的時候，老車還未退休，無法前往，連寫封信都害怕招惹是非。直到已經退休的同鄉老馮決定返鄉探親，老車才寫好一封信託老馮帶上，另外還裝進五百美元請老馮務必親手交到老媽的手裡。誰知等老馮從大陸探親回來，馮家先演出一齣棒打薄情郎的戲碼。馮太太舉著木棒大哭小叫地把老馮趕出門來，老馮的衣服連同從大陸帶回的禮品一一丟出，撒落半街。馮太太丟了木棒拍著手掌用她那越來越流利的山東腔哭叫：「我不要活啦！你個沒良心的，原來在大陸還有老婆！你騙了我三十年，你個黑心的騙子，騙我爲你做牛做馬，騙我給你生兒養女，原來你早有了老婆！我活著爲了什麼？我不要活啦！」說著就要往磚牆上撞去，幸虧被對門的郭太太一把抱住，左鄰的周太太也竭力勸慰。老車則把老馮讓進自己家來避風頭。老馮一面嘆息，一面搖頭說：「眞是隻母老虎！」

「還不都怪你自己？幹啥不早點說清楚？」老車說。

「看你說的！」老馮白老車一眼：「早說清楚，還有今天嗎？」

等過了幾天，馮家的暴風雨過去後，老車才敢向老馮打聽自己老母的狀況。老馮把個信封原封不動地交還在老車手裡。老車的心立刻涼了：「啥？」

「你媽、我媽都沒度過大饑荒那一關，你有個弟弟也不在了，你老妹遠嫁到關外，你的錢只能帶還給你。」

這個消息使老車消沉了好一段日子，人們見他鎖著眉，低著頭走過小巷，頭上短短的頭髮似乎更白了。後來有了人瑞，老車才恢復了以往的精神。

對門的郭太太，曾勸老車與其養個人瑞，倒不如收養個孤兒，不論是男是女，老來有個依靠。奶奶的，你哪裡懂！老車笑笑，不置可否。老車退休的第二年，也是郭太太多嘴，說北園街有個拾破爛的老太婆好可憐，房子被兒子偷偷出賣了，兒子一拍屁股不見人影，現在可好，老太婆被買主趕出門去，眼看就要流落街頭。

老車問：「你說的這個老太婆姓啥？」

「好像姓蔡耶！我也不太確定。」

老車於是親自去問出來，果然姓蔡，一照面，見歐巴桑左臉靠近下巴的地方有個黑痦子，二話沒說，就接回家來奉養。那時這個蔡姓歐巴桑還可以走路，不過有點搖頭瘋，時不時地左右擺動幾下。老車對她說：「俺媽不在了，你就來做俺媽吧！」歐巴桑聽得似懂非懂，開始以爲借住，等兒子回來再想辦法。哪知一晃十年過去了，兒子從未照面，倒是習慣了與老車的共同生活。其實不習慣也不行，年紀越來越老，路不能走了，床不能下了，耳聽不清了，幾乎成了半個死人，只能任人擺布。

說也奇怪，老車眞拿這個無親無故的人瑞當媽來伺候，幾十年沒有家人，退休後忽然有了個老媽。每逢好天氣，早早地老車就推著人瑞出門，在富台新村的小巷裡來回轉悠，這時他臉上的笑容跟初昇的太陽一樣燦爛。自從老車知道自己的老媽早已在大陸上三年饑荒時餓死以後，老車不肯踏上大陸一步，可神牽夢縈地總想像著在故鄉那個小村子裡推著老媽散步，就像現在一樣。

你不會知道俺是誰？有時老車一調羹一調羹地餵著人瑞，心裡這樣想著。阿蘭她要是還活著，不知是個啥屌樣？老車的心不禁一陣抽痛。自己也曾年輕過，爲了刨冰店裡那個一笑一個酒窩的阿蘭發過瘋。年輕眞好啊！什麼糗事都敢做。有一次他偷偷抓一把阿蘭的奶奶，被阿蘭打了一記耳光。但阿蘭還是笑著，沒有眞生氣，兩人反倒因此好起來，以後肯和老車親嘴，偶爾讓他摸一把奶奶。有一回兩人嘴親得熱烈，舌頭都伸到對方的嘴裡去，阿蘭突然停下來問說：「你右邊缺少兩顆牙？」「打野外摔的。」「難怪你說話漏風。」老車尷尬地捂著嘴笑。「沒關係！你說話漏風，我還是喜歡你。」老車從此認起眞來，不再亂花錢，盼望有一天把阿蘭娶到手。

「作夢哪！」阿蘭說：「你個阿兵哥，又是大陸來的，誰肯嫁你！」

「俺存錢，說，你爹媽要多少聘禮，俺一個子兒不少她！」

「想得好！我爸、我媽不會讓我嫁個阿山！」

「阿山又怎樣？阿山不是人嗎？」

「阿兵哥！你缺這個。」阿蘭用右手拇指與食指圈一個圓圈唧唧笑著。

「俺雖是個阿兵哥，俺也是一表人才，看俺的胳膊，這蝦蟆肉一疙瘩，單槓拉上百下沒問題。俺家在山東可是大戶人家，地有三十多畝，黃牛養了兩頭，配不上你個冰店小妹嗎？」

阿蘭掩著嘴笑。

「哪天俺去見見你爹媽，給他們帶份厚禮，怕他們不答應？」

「你還是別去，去了連我也完了。」

阿蘭不肯說出家住何方。老車花了不少心思，偷偷跟蹤，終於發現阿蘭家住的小村落，就是後來的北園街。老車存了幾個月的餉金給阿蘭媽買了一條金項鍊，又另外買上一盒那時奇貴的日本進口蘋果，換了一身新軍服，也沒事先跟阿蘭商量，自以爲是地逕自登門去見阿蘭的父母。

到了北園街，門裡正好走出個中年婦人，穿著半舊的花布衣衫，左臉上很醒目地長著一顆黑痣。老車一見，馬上滿臉含笑地上前鞠躬說：「你是蔡媽媽吧？」

那婦人聽了一愣，先搖頭，後點頭，客氣地讓老車門裡坐。門裡的小天井曬滿了番薯籤。老車雙手奉上禮物，那婦人兩手急急往外推，一面向屋裡喊，出來一個莊稼漢對老車怒目而視。老車把禮物放在一張小矮凳上，又對那莊稼漢一鞠躬說：「俺姓車，是阿蘭的朋友。」那莊稼漢似乎聽懂了老車的話，臉上的怒容不減反增，回頭對那婦人說了幾句老車聽不懂的話，那婦人也沉下臉來，兩人指著門口同聲道：「你走！」

老車嚇了一跳，手足無措起來，再囁嚅地說：「俺和阿蘭好……」那莊稼漢一聽更怒不可遏，伸出兩手猛推老車，使老車的頭撞上門框。老車的火也上來了。奶奶的，這樣無禮！伸出他的大手回推一把。那莊稼漢倒退兩步又衝上前來，結結實實地給老車一巴掌，老車回了一拳，太重了，把莊稼漢打得滿嘴是血，兩人於是扭打成一團。那婦人大呼大叫起來，驚動了四鄰，好歹把兩人分開。老車趁亂被人亂打了一通，也受了傷。仗義的四鄰把老車送進了警局，有理說不清，又因是現役軍人，從警局轉移到憲兵隊，後來被關了一個月的禁閉。

阿蘭從冰店失去了蹤影，老車的這場戀愛就此終結。最使老車痛心的是他送的金項鍊也沒有還回來，使老車學到了教訓，以後不敢再談戀愛，更不會花冤枉錢送女人禮物。生理上的需要，一律花點小錢到軍中樂園來解決。

老車一直很節儉，存了錢知道換成金子才可靠。首先那兩顆缺牙，老車堅持塡上兩粒眞金的牙齒，他說將來用錢的時候拔下來好賣。

你不會知道俺是誰，可是俺認得你呀！老車耐心地一調羹一調羹地餵食著人瑞，用衛生紙擦去流在口邊的湯汁。從人瑞的臉上，似乎疊印出另一副面容。

老車再遇見阿蘭的時候，她已是人家的妻子，懷裡還抱著個嬰兒。

「你別怪怨我，」阿蘭說：「你有打我阿爸，我怎麼能嫁給你？」

「是他先動手的。」

「不管是誰先動手，結果都一樣的！阿爸沒有打過我，爲了這件事，我也被他打，還被鎖在家裡不准外出，幸虧我弟弟偷偷放我出來。」

「這麼凶！打你叫俺心疼，憑什麼打你？」

「誰叫我看上你個阿山？他們都恨煞你。」

「不過打了他一拳，俺就有這麼可恨嗎？」

「傻瓜！不是因爲那一拳，是因爲你是個阿山！」

「又是他娘的阿山！要俺是阿海就成嗎？」

「也不成，我爸他不要我嫁阿兵哥。」

「奶奶的，又是阿山，又是阿兵哥，俺沒望啦！」

「所以別怪怨我，不是我不肯。」

「俺幹麼怨你？俺愛你還來不及，你嫁了人，還是一樣愛。」

「眞的？」阿蘭乜斜著眼睨著老車，使老車不能自持，不顧阿蘭的嬰兒將阿蘭帶到賓館成其好事，這是在兩人戀愛時沒有過的經驗。從此兩人維持著長達兩年的婚外情，居然躲過了阿蘭老公的眼目，直到阿蘭第二次生產時因血崩去世。老車懷疑那個未見天日的胎兒是他跟阿蘭的愛情結晶。

這個世界上，就阿蘭眞地愛俺。推著人瑞在眷村的小巷裡繞圈圈，老車的心裡想的是阿蘭。老車曾苦心攛掇阿蘭離婚嫁給自己。

「怎麼可能？」阿蘭認眞地說：「我老公待我不壞，我不忍。就是我離了婚，我父母也不會准我嫁你個阿山！」

「我日，阿山就這麼不値錢？」

「我阿爸最討厭你們外省人！」

「奇啦！你們不也是福建來的？」

「那不一樣！我阿爸他自以爲是日本人，他跟著日本的軍隊打到菲律賓，他本來姓麻原，後來都是因爲你們大陸人來，才不得不改回姓蔡，他眞的爲此很痛苦！」

「奶奶的！眞不要臉，甘心當他娘的漢奸！」

阿蘭伸手就是一個嘴巴。老車捂著臉，眼裡冒著火星：「你打俺！」

「誰要你罵我阿爸？你要是再這麼說，我從此不再理你！」

老車求饒地說：「別！別！俺愛你，眞地愛你啊！不說就不說，爲了你啥事俺都願意做。」

「我不准你罵我阿爸。他不是壞人，他只是懷念日本時代，所以才看不上你們大陸人。」

「大陸人有什麼不好，讓他看不上眼？」

「我也不懂，總之，自從你們大陸人來了，台灣一切都變了樣！」

「俺去求你媽，女人的心總是軟的。」

「沒用！家裡，我阿爸說了算。我媽可憐，沒意見，沒主張，什麼都聽我阿爸的。」

奶奶的，如今阿蘭她阿爸不知死到哪裡去了？他養的那狗雜種的兒子連老媽也不要了！老車餵完人瑞一碗稀飯，拿張衛生紙擦拭過人瑞的嘴巴，笑瞇瞇地望著人瑞，人瑞也笑瞇瞇地望著他，臉上煥發著一種欣悅的光彩。

簡直像個小孩子，阿蘭要是老了，也會是這個樣嗎？

他摸著阿蘭粉嫩的臉意味深長地說：「有一天你老了，俺還是這麼愛你呀！」

「你會比我先老。」

「沒錯，我們差了好幾歲。」

阿蘭忍不住抱著老車親吻。

「你的缺牙補上了？」

「這是俺的家當，真金的，放在這裡掉不了，也偷不了。要用的時候，敲下來就成。」

「要是我有急用，你肯敲下來嗎？」

「那還用說！」說著老車就去拿槌頭，阿蘭拉住說：「我開玩笑啦！」

沒想到後來，爲了阿蘭看醫生，老車當眞敲下了兩顆金牙。

老車給人瑞披上一件毛衣：「來，俺推你出去散步！」

人瑞點點頭，似乎聽懂了老車的話。

「今年冬天多舒服，老爺爺多暖和，在俺老家，這時候大家都在場院裡曬老爺爺。」

「又出去散步啊？」對門的郭太太看見老車推著人瑞出門，忍不住笑著打趣說：「你眞是個孝子，人家親媽也沒有這個福氣！」

郭太太陪著一起走，一面悄悄地說：「老車，告訴你，馮太太跟老馮一起去大陸了，走前還說要給孩子的大媽買金戒指呢！」

「啥？母老虎也變賢慧啦？」

「人嘛，總要看開點，不然日子怎麼過？」

「說的也是。」

「就像你，平白找個媽來養著！」

你懂啥！老車笑著沒有回答。

燦爛的陽光照著小巷的每一個角落，連睡在路旁的一隻野狗也半閉著眼睛享受著陽光的溫暖。

二〇〇四年三月三十日

創作後記

我一生遷徙頻繁，住過十年以上的城市非常稀少，唯獨在府城一住竟長達十七年之久，成為我至今居住最久之地。我曾經寫過《北京的故事》、《巴黎的故事》，焉能放過居住最久之地？這篇〈燦爛的陽光〉是《府城的故事》之一，寫的是眷村之事。前幾年府城還有好多眷村，如今拆遷的拆遷，重建的重建，眷村基本上已經不存在了。眷村的老居民呢，往生的往生，搬離的搬離，也再難見眷村人物與眷村文化。然而眷村的確是台灣的歷史上獨有的一種現象，所以在台灣的文學中有所謂的「眷村文學」一支。老車這件事（也許他不姓車）是曾經上過報的，但在報導中記者只誇讚老車的美德，說他無私助人，堪為人間楷模，並未探求前因後果。我看了報導，很覺奇怪，於是做了一番調查，才知道人間之事都有其因緣關係，於是寫出這篇故事，以慰具有好奇之心如我的讀者。

一個用心的作者最怕重複自己，《府城的故事》絕不重蹈《巴黎的故事》及《北京的故事》的舊轍，看過前兩本書的讀者，放心從《府城的故事》中可以獲得另一種欣悅。

二〇〇四年四月八日

囍宴

「人長得還不錯，不知身材安怎？屁股有大嗎？」
阿欽嬸問說。

「阿母，幹麼去管人家的屁股！」

阿欽嬸意味深長地說：
「別的可以不管，屁股不管不行，有大的才生得出蛋來啊！」

「有大，有大，我保證！」
一雄呵呵笑著說。

一

人稱阿欽伯的黃銘欽最煩心的是世代繼承的問題，雖然女兒已經給他生了個外孫，畢竟人家不姓黃。黃家兩代單傳，兒子年近三十，尙未娶妻，如何把香煙傳遞下去呢？如今的時代，戀愛自由，婚姻自主，雖然已不興相親，阿欽嬸還是使盡手段軟硬兼施地逼著兒子一雄跟春姨仲介的幾個女子見面，不幸的是個個女子都入不了一雄的目。阿欽伯越來越感到憂愁，看看已過耳順，竟然抱不上孫子！看人家阿吉，比自己小了五歲，兩個兒子已經爲他生了三個胖孫，即使幾個丫頭不算數，用兒孫繞膝來形容，也一點都不過分了，實在讓阿欽伯羨慕不已。

於是阿欽伯想出了一個點子，一天把兒子一雄叫到面前，說出以下的話來：「雄啊，你年紀不小了，咱黃家兩代單傳，假如你無娶某生子，黃家的香煙就要斷在你的手頭，你說這有嚴重嘸？」

一雄不敢出聲，只一逕地點頭。

「既然你也知曉嚴重，」阿欽伯繼續說：「安奈卡緊娶個某，給我和你阿母抱金孫啊！」

一雄仍然一逕地點頭。

「你麥給我當囝仔做戲！」看見一雄像平常一般表現出十分屈從的樣子，其實全不把自己的言語放在心裡，不免動起氣來：「你這叫陽奉陰違！你知嘸？」

一雄除了點頭之外，還是不出一聲。

阿欽伯只好吸一口氣，勉強露出笑容說：「我們講個條件好嘸？」

「什麼條件？」兒子終於出聲了。

「是安奈啦，我銀行有些存款，本來是我跟你阿母留著吃老用的，聽清楚，『吃老用的』喔！你若有辦法一年內娶某，我就買一間厝給你，新的喔，我拚出去啦！」

兒子臉上也綻露出了笑容：「眞的？」

「老爸會欺騙兒子啊？」阿欽伯義正辭嚴地反問道。

一雄心裡盤算，一向視錢如命的父親，竟然反常地要動用老本，眞是千載難逢的機會，於是說道：「好啊！我試看麥娶一個某！」

阿欽伯覺得自己實在夠聰明，總算找到了癥結所在，一箭中的，解除了多年來的憂慮。

二

從此以後，阿欽伯過些時候就有意無意地問一問一雄：「有女朋友嘸？帶回來給我們看麥哩！」

終於有一天一雄笑嘻嘻地對阿欽伯說：「阿爸，你要我一年內娶某，這時我還沒三個月就娶回來好嘸？」

聽了這話阿欽伯眞是喜出望外，親熱地拍著兒子的肩膀說：「好！好！越快越好！」

「可是你講話要算話喔！」

「我講啥米話啦？」阿欽伯露出一副茫然的姿態，看在一雄的眼裡，認爲又是一次賴帳的行爲，不免急迫地道：「買新厝呀！」

阿欽伯仰頭想了一陣才說：「好！好！君子一言出口，駟馬難追！」

「明天我就把女朋友帶來給你和阿母看。」

阿欽伯興奮地搓著手掌，一疊連聲地說「好」。

等一雄一離開眼前，阿欽伯立刻把這個好消息告訴了牽手，兩個人都喜不自勝。阿欽嬸馬上忙碌起來，清掃房舍，想給未來的新媳婦一個好印象；然後去市場買些應時的茶點，以便招待新人。

誰知到了第二天，一雄獨自回到家中，往客廳裡一坐，掏出手機不停地撥著號碼。阿欽嬸趕緊把預備的點心糖果端出來擺了一桌，然後跟阿欽伯二人煞有介事地端坐在客廳裡，專等貴客臨門。

一雄撥了半天手機，才帶出一副非常無奈的表情說：「阿爸、阿母，我看今天免啦，阿娟去桃園姑媽家，買嘸來台南的車票，另天再見啦！」

阿欽伯與阿欽嬸對看了一眼，臉上都露出萬分失望的表情。

一雄說：「人雖然嘸到，還是要給阿爸、阿母相一下。」說著從衣袋裡掏出一張玉照，阿欽伯與阿欽嬸爭相趨前，兩張臉分別擱在一雄的左右肩膀上，阿欽嬸自然是墊著腳尖兒的。

「這就是阿娟！」一雄用食指指點著。

照片上的女孩正露齒微笑，倒是長得厚厚的嘴唇，濃眉大眼，一副落落大方的模樣。阿欽伯正要伸手去拿，一雄飛快地把照片放回衣袋裡說：「好了！好了！看一下就夠了，過幾天看本人啦！」

「人長得還不錯，不知身材安怎？屁股有大嗎？」阿欽嬸問說。

「阿母，幹麼去管人家的屁股！」

阿欽嬸意味深長地說：「別的可以不管，屁股不管不行，有大的才生得出蛋來啊！」

「有大，有大，我保證！」一雄呵呵笑著說。

「總是要見到本人才算！」阿欽伯深通世故地道：「還要對八字，看有合嘸？」

「那絕對免不了，」阿欽嬸附和地說：「先把對方的八字拿來，若八字不合，看也是白看！」

「現今誰還講這些！」一雄反駁說：「若算八字有準，世界上就沒離婚的人甘不是？」

「你知啥！」阿欽嬸不屑地道：「你二姨肖豬，嫁給肖狗的，結果不是離掉？豬狗麥鬥陣嘛！」

阿欽伯接道：「你阿母講的不錯，生肖要合，八字要對。」

「你說的這個阿娟，伊今年幾歲？」阿欽嬸又問。

「減我三歲，二十四了吧！」

阿欽伯掐著指頭算道：「你今年二十七，肖蛇，阿娟減你三歲，該肖猴，呀！歹啦！俗話說『蛇猴如刀斷』，不行哩！不行哩！肖蛇的絕對不能娶肖猴的查某！」

一雄急急改口說：「我說錯了啦！伊減我四歲，今年二十三。」

「你確定？」

「百分之百確定嘛，」一雄涎著一張笑臉：「無人敢講啦！等我問清楚以後，再給你們講吧！」

三

過了兩天，一雄拿回了阿娟的八字，說是辛酉年生，屬雞。阿欽伯與阿欽嬸對看一眼，心中都想到蛇能降雞，沒問題。阿欽嬸遂說：「咱拿給阿吉師去算看麥！」

算回的結果是蛇雞速配，大吉。阿欽伯和阿欽嬸於是盼望著一雄趕快把女朋友帶回家來親眼看看，但光陰速速流去而總未如願，不是說阿娟傷風感冒無法出門，就是人不在台南，眼看就要文定，卻始終無法見到未來的新媳。也難怪，據說父母雙亡，跟著外婆長大，如今外婆一死，等於孤身一人，因爲從事保險業務，免不了時常東奔西走，至今無法見面，實在情有可原。

說到文定，缺少女方的親家，一雄說一切都可從簡。阿欽嬸認爲喜餅總是少不了的，一雄說也可免，因爲女方是現代女性，不拘古禮，而且沒幾個人可送。阿欽嬸無奈，還是堅持送上一個十萬元的紅包，外加一條金項鍊、一對金戒指、一副金耳墜，還要親自或至少也要託個媒人，譬如說春姨，送到對方的手上。一雄仍說：「我拿去就行，不必勞動阿母或媒人。」

阿欽嬸十分不悅，認為文定也是件大事，關涉到將來婚姻的幸與不幸，不能說拿了聘禮就算了。可是一雄不配合，還說不必勞神花錢驚動親友，不如提前結婚更加實惠。

說到省錢，阿欽伯倒是同意，立刻拿出黃曆，戴上老花眼鏡看個仔細，然後指指點點地說道：「下月六日是農曆六月初五，黃道吉日，就訂在那天過門吧！」

一雄搖著頭反駁說：「這著急啊！」

「是你要提前的啊！」阿欽伯從老花眼鏡上瞅著一雄。

「阿爸！你忘了，厝還沒買哪！」

「啊啊……」阿欽伯急忙接口：「安奈先住在厝內也是一樣，不如過門了再慢慢尋厝，怎樣？」

一雄眼珠一轉，心想：我才不會上當！遂道：「阿爸！咱還是按合約辦事，先買厝，後結婚！」

阿欽伯無奈，只好找房產經紀人就近在小東路上買了一所兩房一廳的公寓，位居八樓，可以瞭望大半台南市的街景。近年經濟不景氣，房市大跌，平時值三百萬的公寓，如今只花兩百萬元就買到手，阿欽伯認爲是佔到個大便宜。

據說在議價期間，一雄曾經帶未婚妻來看過房子，但是沒有給阿欽伯夫婦遇到。阿欽伯就跟老婆商量，到如今還未見到未來媳婦實在古怪，說不定有什麼身體上的缺陷，才不敢見公婆。阿欽伯把這個意思告訴了兒子，一雄笑說：「沒有啦！人家有手有腳，有鼻有嘴，免煩惱啦！反正結婚時總要見面嘛！」

阿欽伯覺得一雄說得有理，也就不再催迫。

結婚最重要的就是喜宴，阿欽伯原想請高雄的明坤師傅，聽人說做得好。一雄卻說有個朋友是台南專給人辦桌的，叫順仔，手藝好，價錢公道。沒理由捨近求遠，台南的就好。

四

結婚的那天，阿欽伯家的巷子裡搭起了喜棚，辦桌的順仔跟他的大陸新娘田英一早帶著五六個婦女準備晚上的喜宴。喜棚裡擺滿了桌椅，還有烹煮的臨時鍋灶及煤氣筒等佔滿了整條巷道，來往車輛都得改道而行。阿欽伯無事忙地追著順仔一再叮嚀，海鮮一定要新鮮，蔬菜務必多洗幾遍，洗去農藥才能下鍋。順仔咧著大嘴巴保證：「沒問題啦！」

一雄穿著一身新衣走出走進。阿欽嬸已請來了春姨扮演大媒的腳色，一雄的伴郎是他的好友黃樹彬，也穿著一身新西裝，二人都熱得臉上不停流汗，後來只能躲在房中吹冷氣。

看看到了迎娶的時間，紮著紅色彩帶的禮車在一陣驚天動地的鞭炮聲中出發。一連三部禮車只坐了三個人，大媒抱著一隻竹籮坐第一部領先開路，新郎獨坐中間一部，伴郎押陣。新郎的禮車頂上還綁了一根甘蔗，象徵甘甘甜甜。

新娘住在新平路，在台南市的西南角，到位居東北角阿欽伯家的北園街，禮車須要斜斜地穿過台南市，一來一往少不得要一個小時，喜宴訂在六點半入席，時間上剛好。

到了新娘的居所，春姨首先下車，雖然身任大媒，卻未曾見過新娘，一進門抓著個身穿白色禮服的小姐直誇新娘長得卡水。伴郎黃樹彬搶上一步說：「她不是新娘啦，她是伴娘邱淑娟。看嘛，那位剛從浴室出來的才是新娘。」春姨抬頭一看，只見這位新娘比起伴娘高出一個頭，快有新郎那麼高了，長得濃眉大眼，身材很有些噸位。一眼從頭看到腳，立刻露出一臉職業性的笑容，誇讚新娘長得標致。新娘微微笑著，並不發言。

新郎倌催著上車。因爲新娘沒有家人，春姨囑咐伴娘在新娘出門時，潑一盆水出去，表示嫁出的女兒就像潑出的水，不能回頭了。伴郎黃樹彬放了一串鞭炮，春姨費力地踮著腳尖舉著那隻竹籮勉強罩在新娘的頭上，因爲春姨太矮了。好歹上了禮車，春姨才拍拍胸口，喘一口氣。三部禮車一路不時地按響喇叭，這似乎是新婚禮車的特權。

六點不到就到達阿欽伯家，比預計的時間略早。一雄的大姊菊花帶著兒子阿輝趨上前來，在震耳的鞭炮聲中搶著攙扶新娘，菊花也得踮著腳才托得著新娘的手肘。七歲的阿輝因爲愛看電視，小小的年紀就戴上一副深度眼鏡，成爲四眼田雞，這時被派從後面拉起新娘拖地的紗裙。雖然新娘穿的是西式的白色婚紗，但不進教堂，一切按照中國的古禮，先拜天地，再拜祖先，三拜高堂，向公婆獻茶。阿欽伯和阿欽嬸笑瞇瞇地並排端坐在椅子上，心中那個得意就難以形容了。面前一雄和新娘跪在一雙大紅色的坐墊上，新娘從春姨手中接過茶盤，高舉過頂。阿欽伯和阿欽嬸都瞅見新娘胸前那一雙特大號乳房，最少是D罩杯的尺碼。兩人伸出顫抖的手各自去端一杯茶，阿欽嬸的手抖得太過分了，半杯茶竟傾倒在新娘白色的婚紗上，阿欽嬸急忙拿手帕去擦。新娘啞聲說：「沒要緊！」阿欽嬸心想新娘怕是感冒了，聲音這麼粗啞！

獻茶後夫妻對拜，拜完入洞房。這時圍觀的親友一一入席，只有阿輝偷偷地藏在新房中，想要偷窺新舅媽。四色拼盤端上桌來。新娘跟新郎躲在房中慢吞吞地換裝，不用伴娘幫忙，也未發現藏在角落裡的小田雞。在另一間房裡伴娘也換下白色的禮服。新娘終於換穿上一套淡紅色的洋裝，蓬蓬的黑髮有一縷垂下遮了前額，進到喜棚，坐上主桌。小阿輝扯著菊花的衣袖悄悄對媽媽說：「哎呀！新舅媽腿上好多黑毛喲！」

菊花甩開阿輝的手：「今天你舅舅辦喜事，不要黑白講！」

這時司儀宣布，今天的證婚人吳老師要對新人說話。

於是有一位西裝筆挺戴著深度近視眼鏡的老頭站起來，先咳嗽幾聲清清喉嚨才開口說：「俺今天榮幸來為黃一雄先生證婚，」一口標準的山東腔：「一雄他在學校時功課不算好，可人聰明得很，啥事都敢做，也都做得不錯。唯獨有一件，怕女生！對女生總是躲得遠遠的，還有的同學對俺說：『老師，你看黃一雄他是不是不正常呀？』俺哪裡知道哩？俺心想，怕女生最好，免得談戀愛，那個年紀我們做老師的可不鼓勵學生去談戀愛呀！你看，現在不也順理成章，談了戀愛，把這位可愛的窈窕淑女好逑到君子的懷抱中了嗎？」說著端起酒杯來對著新郎和新娘說：「讓俺祝兩位新人百年好合，早生貴子！」阿欽伯一聽到「早生貴子」，早笑得嘴巴都合不攏了。一陣熱烈的掌聲過後，喜棚裡立刻人聲喧譁，負責上菜的婦女們在田英的指揮下一道道菜上桌，眾人吃得唏哩嘩啦。

菊花坐在主桌阿欽嬸身旁，她們中間擠著阿輝，阿欽嬸夾一隻蒸蝦放在阿輝盤裡，被阿輝推開。菊花說：「你忘了，他不愛吃蝦啦，別管他！」

「跟你媽同款啦！」阿欽嬸對阿輝說著，又轉頭見新娘不動筷子，於是殷勤地把剩下的幾隻蝦都放進新娘盤裡，自己反倒無蝦可吃了。新娘微微笑著瞟了阿欽嬸一眼，舉起筷子慢慢吃了。小孩子坐不住，一會兒不見了。原來阿輝爬到桌下，看見新娘正褪下一雙高跟鞋在那裡晾腳丫，於是悄悄地把一隻高跟鞋拉到阿欽嬸腳下。回到座位，小阿輝捂著嘴在那裡偷笑。輪到新郎、新娘逐桌敬酒，新娘一穿鞋，一隻不見了，不得不彎下身來尋找，終於找到的時候，又不得不吃力地把胸部重整一番。新郎、新娘在伴郎、伴娘和阿欽伯、阿欽嬸陪伴下，開始敬酒，先敬了吳老師，卻見吳老師一隻手抱著肚子，鐵青著臉，也不出聲，勉強抿了抿酒杯。然後敬酒隊伍預備逐桌走透透，誰知剛敬到第二桌，忽聽有人叫肚子痛，叫著叫著就吐了一地。霎時間，不得了，好多人都離開座位，有的找廁所，有的跑到路旁嘔吐，一時間吵翻天。糟的是新娘、新郎、伴娘、伴郎無一例外，都捧著肚子，齜牙咧嘴。阿欽伯知道酒席出了問題。菊花急忙搶上前去，發揮大姊的愛心，攙住新娘，不忘回頭叫著阿輝幫忙。大家忙著叫救護車，把重病的像已經走不動路的吳老師等趕緊送醫院，喜棚裡登時一團亂。順仔急得滿頭大汗。田英說：「急也沒用，該怎樣就怎樣，一定是那些廉價的蝦出了問題，咱們面對吧！」

新郎顧不得別人，急急跑去入廁。阿欽伯自顧不暇。沒有吃蝦的菊花、阿欽嬸和小阿輝算是逃過一劫，不由分說，三人合力一逕把新娘攙進房裡。新娘痛苦地搗著肚子，吵著要上廁所。

「我陪你去！」菊花說。

「不用啦！」新娘一手推著菊花，一手擋著阿欽嬸，自己顫顫簸簸要進廁所，說時遲那時快呼拉一聲響新娘瀉在褲子裡，立時臭氣熏天。阿輝捏著鼻子大叫：「臭死啦！」

菊花手急眼快地從背部拉下新娘洋裝的拉鍊，就要動手幫新娘收拾。新娘趕緊護住胸部，但是又不得不去揪肚子。

「舅媽的奶奶掉下來啦！」阿輝尖聲叫道。

地上滾動著兩顆碩大的葡萄柚。阿欽嬸和菊花都張著嘴愣在那裡。

「你們都走開啦！」新娘哀怨的吼聲粗啞得叫阿欽嬸和菊花都不由得心頭一顫，菊花再仔細一看，新娘的頷下怎會有個大喉結？難怪阿輝說新娘腿上有黑毛咧！這時刻救護車嗚啦嗚啦的鳴聲又越來越近了。

五

一場喜宴沒想到使一半親友住進醫院，眞是不吉不利。最糟糕的是發現千辛萬苦娶來的新娘竟然是雄的！阿欽伯和阿欽嬸心中眞是百味雜陳。這一場喜宴不知如何善了？阿欽伯首先埋怨順仔不小心，要扣他的費用，但更重要的是如何處置自己的兒子。

阿欽伯堅決要把買在兒子名下的新厝收回，被兒子一口拒絕了。阿欽伯越想越嘔，越想越氣，最後不得不把兒子和「新娘阿娟」二人一狀告進法院，說他們預謀設計欺詐。

開庭的那天，阿娟依然女裝出庭。一雄在庭上抗辯說：「阿爸原答應只要娶某，就送新厝。我並不知阿娟不是女人啦！所以新厝不該歸還。」

阿欽伯堅持不讓，雙方各執一詞，只好退庭再議。

在等待判決的時候，阿欽伯心中想道：幸虧順仔弄了一場叫人瀉肚的喜宴，不然，不然啊，把個不能下蛋的公雞娶進門來，豈不代誌大條啦？

二〇〇四年一月二日（二〇〇五年五月十五日修正稿）

河豚

我也需要別人的愛撫，
需要一些些放肆，
不能只被動地忍受別人的背叛，
雖然放肆會流於耽溺，
是的，耽溺！
但耽溺有這麼可怕嗎？
難道人生中不能有一次面對自我的情欲，
使自己自由放任地活一次？

在攤開的稿紙上，寫著「河豚」這樣的一個標題。

河豚是生長在東方水域的魚類，有海水、淡水兩大類，細分起來則種類繁多，有紀錄可查的就有一百二十餘種。河豚，圓鼓鼓的身子，小尾巴，兩眼滴溜溜頗富表情，還會眨眼睛。遇到敵人會利用水或空氣使肚腹膨脹起來，所以又叫做氣泡魚。有一種海水河豚渾身帶刺，像刺猬一般，被人類剝皮製作燈罩。一般的淡水河豚則皮膚光滑，且無鱗，背鰭上有鮮豔的斑紋，就像蜥蜴的彩斑一樣，爲的是警告敵人最好離我遠一點，我有毒。是的，河豚是一種含有劇毒的魚，其他魚類不敢吃牠。無奈牠的肉實在鮮美，而世間就有不怕毒的敵人，那就是人類啦，有些老饕，爲了一飽口腹之欲，賠上性命也在所不惜。在中國江南、在日本都有經過特殊訓練的廚師，要細心把河豚的卵巢、性腺、肝臟、腎臟、眼睛、皮膚和鰓等含毒的部位去除乾淨。最難處理的是血液，其中的毒素弄不好就成爲致人於死的元凶。

沒嘗過河豚肉的人無從領略，一嘗之後，據說不只口齒生津，而是永生難忘。但美味是有代價的，中國江南和日本每年因吃河豚而喪生的老饕少則數十，多則數百，可說前仆後繼死而無悔。何以人們如此視死如歸？據說河豚肉質鮮美到足以成爲人生的一種理想，爲理想的口欲而犧牲倒也值得了！

這篇標題河豚的文字其實是一篇小說，與河豚有些關係；小說總是虛構的，藉著虛構有時也傳達出一些人生中眞實的感受。如今假設小說中的主人翁姓廖，是一位女性，就叫廖太太吧！

先從春天說起，春天嘛是一個容易使人動情的季節。

南台灣的春天似乎比北部來得早，剛剛在本土化的風潮中從中山公園改名爲台南公園裡的山櫻花三月初已經盛放，遠遠望去一片桃紅，若雲，若霧，招引著遊人的眼眸。廖太太經常一早跳過土風舞後坐在人工湖邊，一面稍作歇息，一面瀏覽著那醉人的景色。過去的日子都給了別人，還沒有像這樣爲自己活過。

這幾日，在湖旁的小路上總見一個男子獨自徘徊，人影有意無意地進入廖太太的眼光。這人衣著講究，雖然未穿西裝，但休閒服看來都是名牌，而且顏色搭配得相當調和，譬如說深色的夾克配深灰色的西褲，內穿粉色的襯衫，或者淺色的夾克配淺灰色的西褲，內穿深藍大翻領的襯衫。臉上呢，總架著一副太陽眼鏡，作大明星狀，不引人注目也難。

兩人有時不免四目相接，廖太太感到那人藏在墨鏡後的目光看到了自己，遂尷尬地掉轉眼光望向別處，等那人走過，又忍不住望著他的背影出神。可是再也沒有想到在這樣一個春光明媚的早晨，那人竟筆直地走向廖太太，在廖太太所坐的木椅的另一端欠身坐下，對廖太太微笑著說：「時常看到您坐在這裡觀景……」

廖太太聞到一股薰衣草的香味飄過來，一時沒有聽清楚，遂道：「關緊？關緊什麼？」

那人笑道：「我說的是『觀景』，欣賞風景啊！」

「噢，」廖太太也笑著說：「我喜歡這盛開的山櫻花，再過幾天就看不到了。」

「一看就知道您是個有藝術氣質的人。」

眞會花言巧語！廖太太被他說得（更確切地說是被他看得）靦覥不安起來，微低著頭不知如何回答是好。

那人接道：「賞櫻啊，還是到日本。這花太紅了，遠趕不上日本粉櫻之美。而且，我們這裡這麼幾棵樹算得了什麼！日本東京，不，京都的櫻花之盛，眞的要用花海來形容。不但賞櫻，連賞櫻的人都值得欣賞，我說的是日本的女人啦，一個比一個漂亮。去賞櫻的女人都穿和服，腳下穿的是木屐，走不快的，步子也放不大，只能婀娜地用小碎步往前蠕動。哈哈！蠕動，想想看，像一群彩色的站立的毛毛蟲那麼慢慢地、輕巧地挪移。櫻花罩在她們頭上，也撒在她們腳下，上下全是花，人也是花，那才眞算是『觀景』，花海之景！」

廖太太被他說得十分神往。

「不知您有沒去過日本？」那人問說。

「日本是去過了，不過不是春天，所以沒看到櫻花。」

「我建議您一定要在春天去，沒賞過日本的櫻花，人生白活啦，特別是像您這種有藝術氣質的人。」

廖太太被誇得有些飄飄然，好似遇到了知音。這是廖太太第一次與羅雲鵬交談，臨別時那人留下一張名片，所以廖太太知道了他的名字，名片上有「國泰人壽」幾個字，原來是個拉保險的。廖太太把那張名片小心地收進手提包裡。

第二天，在同一時間、同一地點又遇到了羅雲鵬，好像他也不需要上班，有時間到處閒逛。他們聊著聊著看看到了十一點，羅雲鵬邀請廖太太午餐，廖太太心中猶豫，誰知他心中打什麼鬼主意？但也是一份好意。最後仍然覺得不妥，推說家中有人在等著，脫身回家。

回到家中，驟然又墮落進孑然一身的悲境，面對著空蕩蕩的房間，心中不勝懊惱，眞是沒用的膽小鬼！怕什麼？我又不欠誰！

廖太太不由得又想起那段黑暗的日子。

自從一年前廖先生檢驗出肺癌之後，全家立刻陷入一陣愁雲慘霧，花錢倒是小事，蝕心的焦慮蠶食著一家人，特別是廖太太，只覺得前途陰沉晦暗，每天都在吞嚥著不易消化的苦水。不得已，辭去教職，安排好兒女的生活，陪先生到大陸尋求神醫和會發功的氣功師傅。到了上海，下榻在錦江飯店，適巧錦江的廚師是位烹調河豚的高手，河豚的廣告用大紅紙張貼在飯店的牆上。廖先生看後多時以來晦暗的臉色竟然綻出一絲笑容，對太太說：「我們叫一盤吃吃看吧！」開始時廖太太極為反對，心想價錢貴倒無所謂，賠上性命不值得。無奈廖先生頗爲堅持，竟然說：「我還能活幾天呢？你就滿足我這次欲望吧！即使被毒死，也比這麼病死好。」聽了這樣的話，廖太太無話可說，叫了一盤紅燒河豚，果然味美，吃得廖先生眉飛色舞。吃完廖先生覺得還不過癮，再點一盤清蒸的，吃得兩人舌頭發麻，才不敢再吃了，幸好沒有中毒。從此廖太太算是領略到人生中居然有值得捨命以求的美味。

雖飽了口福，求醫卻不順利，從上海到北京，都不得要領；幾個自稱有功力的師傅，只多浪費些所剩已無多的時間而已。迴轉台灣，萬般無奈地住進成大附屬醫院，等待開刀。廖先生很怕開刀，廖太太又何嘗不怕？但醫生說用化療更沒有把握，而且會拖長痛苦的時間，令人恐懼的開刀，反倒成爲無能逃避的選擇。廖先生握著廖太太的手說：「開就開吧！反正河豚肉也吃過了，可以死而無憾矣。」結果刀是開了，開始的時候，醫生安慰家人說狀況良好，剛想喘一口氣，誰知還沒離開加護病房，就又發現病情惡化，數小時後竟與世長辭，就像一張黑幕落下，眼前突然一片漆黑，廖太太再也支撐不住，撤去了骨骼似的軀體委頓在地。

甦醒回來，馬上面臨的是廖先生的後事。幸而廖先生生前的同事都出面幫忙，在台南市立殯儀館風風光光地辦了喪事。令廖太太震驚的是在喪禮上出現了一位攜帶小女孩的年輕女士，聲明是廖先生的外室。廖太太再也沒想到一向謹愼木訥的廖先生竟背著她在外跟別的女人生了一個五歲大的女兒。

這個打擊恐怕跟廖先生的死一樣重大，更要來得大也說不定，因爲她對先生的信任與愛情一瞬間似乎崩解成碎片。怎麼可能做出這種事來？竟然還無事人似地在我面前贏取我的信任？在這個世界上，你還能再相信誰呢？那位自稱廖先生外室的黃小姐居然託出廖先生生前在南科的同事劉天祥來對廖太太提出遺產的問題，她說那個五歲的小女孩跟廖太太的兒女一樣有繼承的權利，必要的時候可以進行DNA的親子關係驗證。

廖太太並非慳吝的人，對於房產和金錢，她自己認爲也並不多麼在意，可是平白地拿一筆錢給那個女人，坐實了廖先生對自己的背叛，實在嚥不下這一口氣。而況，廖先生生前難道沒有給過她好處嗎？所以廖太太嚴峻拒絕，要告就由她去告吧！自己也不是沒權利反告她破壞家庭！

喪禮過後，劉天祥的太太桂枝來安慰廖太太說：「不要把這件事放在心上！看在廖先生份上，我們家天祥不得不出面說一句，既然使你心煩，以後他不會再過問了。」

桂枝原是廖太太國中時代的前後同學，兩人本有些交情，因而不免把廖先生的行爲說成是一般男人的現象來寬慰廖太太。可是廖太太並不認同，她說：「外遇就是外遇，是不可原諒的行爲。如果換了我，在外頭跟別的男人生出一個五歲大的孩子，你想老廖他會原諒我嗎？」

說得桂枝無言可對，只抿著嘴唇盯視著廖太太的臉色一寸寸沉落下去。

「當然你比較幸運，碰到劉先生這樣的人！」廖太太又說。

不想桂枝卻嘆了口氣說：「家家有本難念的經！老爺子——天祥他阿爸在的時候很難伺候，如今人走了，問題本該簡單了，誰知道天祥他越來越像他阿爸，有時候無緣無故地發起飆來，叫人受不了。」

「這倒看不出！我呀，不怕老公發飆，最恨被人背叛！總之，你還是幸運的。」

黃小姐的事前後折騰了將近一年，沒獲任何結果，劉天祥不再過問，黃小姐也沒了消息，在身心疲憊之餘，廖太太倒有種聽天由命的解脫之感。

先是廖太太把臥房中掛了二十多年的結婚照取下來，丟進儲藏室，把眼下看得到的跟廖先生的合照也一一丟棄，痛中也有種快感。家中凡是可貼掛的牆壁都換上自己過去畫的那些賣又賣不掉、送又捨不得的畫。若不是廖先生走了，不知會成為一種什麼局面？不會原諒他！他！廖太太咬著牙。他實在幸運，罪案沒被揭發就逃之夭夭，走得不見人影啦！這是不負責任，尤其可恨！結婚二十多年，廖太太難說跟老公還有多麼親密的關係，特別最後幾年，廖先生似乎對夫妻之事越來越沒興趣，廖太太原以為廖先生身體不好，誰知還有另外這一樁到他死後才揭露出來的隱情！這樣也好，是一種解脫，不必悲傷，從此可以過自己想要的生活。兒女也大了，離家到北部念大學，自己也不想恢復教職，把時間留給自己，願意寫點什麼就寫點什麼，願意畫點什麼就畫點什麼。廖先生留下的房產、股票，加上她自己的存款、基金什麼的，舒舒服服地度過餘年不成問題，於是廖太太重拾文筆與畫筆，又每天到台南公園跳土風舞，有時到文化中心看演出，日子過得很愜意，直到羅雲鵬出現，使廖太太心中不由得又生出波瀾。

廖太太終於答應跟羅雲鵬去吃飯，廖太太選了她比較熟悉的轉角餐廳，就在成功大學對面的小巷裡。那晚他們兩人都喝了紅酒，羅雲鵬的酒量好，開了一瓶酒，廖太太只喝了一杯，其他的都被羅雲鵬喝光了。在餐廳裡，羅雲鵬都沒有摘下墨鏡，眞是明星架式十足。

來時廖太太坐的羅雲鵬的車，停在大學路上。飯後，廖太太說酒後不開車，不如先回家喝杯茶解解酒再來取車，反正廖太太家就在附近。

羅雲鵬似乎巴不得有這種親近的機會，挽起廖太太的臂膀，好像多年的老友一般。到家後，一開燈，羅雲鵬不禁發出一聲驚嘆，因爲客廳裡四壁掛了好幾張水彩和粉彩畫，雖然抽象得看不出畫的是什麼，但顏色都十分鮮豔，醒人眼目。

「唉呀！我原說您有藝術氣質，眞是沒有說錯吧？這些看來都是名家之作，是吧？」

「不敢！」廖太太說：「不瞞你說，這些都是我自己的習作，叫你笑話啦！」

羅雲鵬搖著頭，一疊連聲地說「不信」，取下墨鏡趨前退後地一張張仔細欣賞，然後掉轉身來用著抑揚頓挫的聲調說：「這哪裡是習作？都是傑作嘛！太美了！太美了！眞是不同凡響！天才！天才！」說著豎起大拇指來。

他眞懂嗎？怕是在裝模作樣的吧？在這個世界上知音難尋，但他是嗎？廖太太一連說了兩次「過獎」，心中不由得喜孜孜的。她第一次看到羅雲鵬取下墨鏡的模樣，這麼細瞇的一雙眼睛，難怪要用墨鏡遮著。但是那一隻挺直的希臘鼻，廖太太不得不承認，實在受看。

羅雲鵬在室內轉一圈，一眼又看到擺在書案上的一座獎牌，仔細看清楚上面的文字，忍不住讚說：「了不起！文學獎唉！」

「這是幾年前的事，如今好久不動筆了。」廖太太後悔沒事先拿掉。

「看不出你是書畫全才，難怪叫人覺得那麼與眾不同。」

老廖他從來沒說過這樣的話！「你先請坐，我去弄茶。香片，可以嗎？」

「別麻煩，坐下聊聊就好。」

「一點都不麻煩，給你解解酒嘛！」

「哈！解酒？閣下有所不知，在下是三瓶不醉的人。」

「別客氣，我自己也想喝的。」說著，廖太太打開電視機，把遙控器遞在羅雲鵬手裡，自己反身先去浴室整理一番，然後到廚房泡茶。

廖太太端茶出來的時候，發現羅雲鵬居然坐在電視機前睡著了。

「喂！喝茶啦！」廖太太按停了電視，搖著羅雲鵬的肩膀。羅雲鵬睜開一雙惺忪的眼睛，拉著廖太太的手讓她坐在自己身旁。廖太太掙脫不開，只好坐下，但故意保持一定的距離，這時她又聞見從他身上飄來的一股薰衣草的香味。

「你有用薰衣草的香水，或者用了薰衣草的香皂，是吧？」

「那還用說？爲的是誘惑女士啊！」

「你開玩笑！」

「我是說眞的，世界上有太多虛僞的人，明明想的是女人，表面上卻作出一副正人君子的模樣，何苦呢？人生不過短短的幾十年光陰，爲什麼不盡情地享受？哪有時間裝模作樣地玩遊戲？你說是不是？」

「我說不上來！我覺得這樣有點玩世不恭耶。喝茶！」廖太太爲兩人各倒了一杯。

羅雲鵬抿了一口茶，乜斜著笑眼瞅著廖太太說：「你知道，我從不請女士吃飯的。」

「那我眞是幸運了。」

「沒錯！不知爲什麼，從第一天在中山公園——我是說現在的台南公園啦，見到你，就覺得你與眾不同。以後接連幾天都見你獨自一人坐在湖邊發呆……」

「我不是發呆，」廖太太矯正他說：「我在那裡休息，想事情。」

「對不起，我說的發呆正是有藝術氣質的人常有的表情啊！」

「你眞會說話。酸話也會變成甜的。」

「是嗎？聞聞看，甜不甜？」羅雲鵬說著把一張臉湊上來。

廖太太聞到一股酒氣，連忙用手推開，不想手卻被羅雲鵬握住。廖太太感到兩片濕潤的嘴唇壓在掌心裡，不由得心中亂跳，臉也漲紅了。

「你喝醉了！」廖太太喃喃地說。

「我是酒不醉人，人自醉。」說著羅雲鵬把一張臉覆壓在廖太太的腿上。廖太太只覺一陣酥麻，電流也似地傳遍全身。多久沒有異性如此親暱的接觸啦！廖太太的一隻手不由自主地觸拂在羅雲鵬的臉頰上。老廖可沒有這麼細膩的皮膚。羅雲鵬握住廖太太的手一陣亂吻，接著整個身體覆壓上來，把廖太太壓在那張長沙發上。廖太太來不及慌亂，手已經被抓住按在那一吋吋褪下的褲帶下方，一條勃起的活物驚人的展現出來。可怕！這麼大的東西！廖太太的手掌握不到一半，觸摸到根部套著的一隻硬硬的似乎是金屬的環，正感詫異，此時身旁茶几上的電話鈴聲忽然驚天動地地響了起來。廖太太不由得鬆了手，欠身去抓起電話聽筒。

「別管它，來啦！」羅雲鵬說。

廖太太急忙用手摀住送話器，對羅雲鵬做出噤聲的手勢，這才對著話筒說：「龍龍啊！……媽咪也好想念你。……沒有啦！我一個人在家……沒有別人！……那是電視裡的聲音……放心啦，媽咪會照顧自己。……好，我明天就給你劃過去。不要這麼節省，要吃好。好了，接到後，別忘了告訴媽咪。拜！」

廖太太掛上電話說：「是我兒子！」

「我不管你兒子，我只要你。」說著羅雲鵬把廖太太緊緊地抱住。被人撫摸，被人眷愛，如果並不厭棄對方的話，的確是身體的自然渴望。廖太太感到一種從未有過的亢奮，腦中已不願再有理性的思考了。

我也需要別人的愛撫，需要一些些放肆，不能只被動地忍受別人的背叛，雖然放肆會流於耽溺，是的，耽溺！但耽溺有這麼可怕嗎？難道人生中不能有一次面對自我的情欲，使自己自由放任地活一次？廖太太決定不去抗拒自己的欲望。說是「決定」，仍難免由大腦作主，因爲她並非不是一個理智的人。她說不上是否愛上羅雲鵬，但承認他的確能挑起她的情欲，是跟廖先生，甚至廖先生以前跟她初戀的情人都未曾有過的經驗。

那天以後，羅雲鵬時常在廖家過夜。他溫柔、體貼，讓廖太太有種陷入戀愛中的錯覺，如果一天沒有看見他，她竟開始坐立不安了。她跟羅雲鵬的關係並不願讓兒女知道，因此在女兒純純回家過週末的時候她不准羅雲鵬來看她。在女兒面前，她盡力掩飾著心中的騷動，卻不由得盼望女兒快一點離家。到車站一送走純純，立刻拿出手機來撥電話給羅雲鵬，等回到家的時候，羅雲鵬已經站在門前等她了。一進門，羅雲鵬迫不及待地摟著給她一個熱吻。廖太太也大膽熱情地回吻著他。兩人一面走向臥房，一面彼此剝脫著身上的衣物，最後都一絲不掛地跳上床去。廖太太幾乎是飢渴地撫摸著羅雲鵬那像女體一般白皙、細膩但又有雄性的結實、強韌的肌膚，只有小腿上覆著稀疏的細毛。他的小小的乳頭竟是櫻紅色的，使廖太太的舌尖留戀忘返。但羅雲鵬最愛的是廖太太親吻他的戴著套環的男根，他把她的頭壓到他希望的部位，使她舔吞自如。她覺得那是一條蛇，帶著所有的毒液進入她的口中，她兩手把握住勃勃跳動的蛇身，仍然力不從心，她用舌尖挑撥著蛇口，不久蛇的毒液已經使她麻醉了，幾乎讓她忘乎所以。然後她騎坐在他的胯上，讓那條吐著毒液的蛇輕輕地舔舐她的陰唇，她仰望著天花板，什麼也沒有進入眼中，隨後那蛇頭一點一點慢吞吞地鑽入她的身軀，她不由自主地發出伊嗚伊嗚的叫聲，其中伴雜著「再深一點！再深一點！」她的黯啞的叫聲，她不免對自己的放肆與大膽感到吃驚，同時卻實在暢快，似乎發現了一個新的自我。過去的日子，其實都白活了！她終於知道那套環的作用，如果沒有它，那條太龐大的蛇體會暢達而入，撐裂了她的渠道，無法使她享受適得其度的滋味。一陣一陣的暈眩，兩人幾乎同時達到高潮，他馱著她的軀體睡去。

情人節的那一天，羅雲鵬送給廖太太十二朵黃玫瑰，使廖太太感動得淚光閃閃。他們在台南大飯店吃飯慶祝，飯後廖太太拿出一個包裝精緻的盒子，羅雲鵬打開，竟是一隻金光閃閃的環。兩人都不由得笑了。

「你那隻是銀的，換一隻金的吧！」廖太太說。

「你怎知尺寸？」

「天下無難事，就怕有心人嘛！」

那晚換了黃金的套環，又是一番滋味。可就在情人節的翌日羅雲鵬的手機不通了，廖太太一次一次地撥號、留話，都沒有回音，不知發生了什麼事。廖太太後悔沒有問過他的地址。又煎熬了兩日，羅雲鵬忽然出現在她的面前，一副沮喪的模樣。

「發生了什麼事嗎？」

「我恨，恨自己太過貪心，太過愚蠢！我在手機上接到一個中獎的訊息……」

「騙人的啦！」

「我知道，可這個訊息不一樣。這是有名的美商寶源投資顧問公司傳來的。我們公司跟寶源素有來往，而且寶源的人員曾經是我的客戶。他們說爲了酬謝我過去爲寶源的服務，只要交兩千元的會費，加入他們的紅利會，就可享受超過一般銀行三倍的優利存款，還可以參加會員的抽獎活動。」

「有這樣的好事？」

「是呀！開始我也有點懷疑，只存了兩萬元。一個月後接到一百元的利息，我一算每年的利率眞的高達六%，在目前這麼低利率的時代的確遠遠高過一般銀行。我於是存進一百萬，這樣每月可有五千元的利息，比玩股票可靠多了。可是還沒到月底就接到中獎的通知，我的存款號碼居然幸運地爲我帶來五十萬元的獎金。」

「你信嗎？」

「就說，我太貪心了，當時一高興就忘了其他，馬上按照規定匯去十五%的稅金。運氣一來擋也擋不住。寶源說他們把我的獎金中的十分之一轉買了香港的馬票，居然贏得一千萬港幣！一千萬港幣，算成台幣有四千萬呀！我發了，眞的發了！我想我一定要分一半給你，我們還要坐美國最豪華的郵輪去周遊世界！」

「爲什麼你沒告訴我？」

「還沒來得及呀！就是前天嘛！我一高興馬上轉撥了五十萬元的手續費，請他們把獎金立刻匯給我。誰知以後沒有了回音，電話忽然都打不通了。我一想，不對呀，難道寶源公司也會騙人嗎？這麼一想，連頭皮都麻了起來，馬上飛到台北到寶源投顧公司親自去問。這一問不得了，寶源竟說從來沒有什麼優利存款，更沒有抽獎之事，原來跟我聯絡的是一家專門詐騙的假寶源，我並非唯一被騙的人，寶源公司前幾天已經登報警告客戶了，不過我沒有看到罷了！」

「那麼，你的一百萬存款也不見了？」

「不見了，都不見了！我完了，我破產了！」說著羅雲鵬就倚在廖太太肩上嗚啦嗚啦地哭起來。

愚蠢的東西！白長著一副聰明的樣子，其實有夠笨！也許人一遇到貪念就會鬼迷心竅。「那現在怎麼辦呢？」

「我哪知該怎麼辦？我完了啦！」

「先去報案呀！」

「報案有用嗎？」

「管它有用沒用，先報了案再說；至少讓政府知道又多了一件騙案。」

「然後呢？」

「然後……」廖太太略事沉吟接道：「這樣吧！我也不能見死不救，我先借你二十萬元，等你有錢時再還我。」

「謝謝你的好心，」羅雲鵬停止哭泣道：「我就知道你是我的救星。可是要是以後我沒有錢還你，該怎麼辦？我會羞愧死了。」

「怎會呢！你不是拉保險嗎？多拉幾個客戶不就行啦？」

「說的也是！我想一年以後，最多兩年我會把被騙的錢再賺回來。」

「這就是了！去了再來嘛！千萬別爲了區區百多萬看不開呀！答應我，不要做傻事啊！」

羅雲鵬一手摟緊廖太太的腰，把臉貼在廖太太的臉頰上感動地說：「有你這麼說，我哪敢辜負你？有你在我身旁，我以後也不會再吃虧上當了。」

「誰曉得，哪天你厭了，就會離我而去，你畢竟還年輕嘛！」

「好姊姊，我發誓，不會的！」

誰信得過這樣的誓言？連老廖他都會騙我，我會信他的花言巧語？但過了幾天，廖太太仍忍不住送給羅雲鵬一條金項鍊，上面懸著一個箝上廖太太小照的金墜飾，用自己的肖像拴住他、監視他。

又過了幾天，羅雲鵬再度失蹤不見了。這次廖太太安然處之。雖然內心焦急，但外表不動聲色。

一夜，廖太太忽見老廖站在臥房的門口，糟的是羅雲鵬正赤裸地壓在自己身上。廖太太見老廖的臉色由黃而紅，由紅而灰地轉變著顏色，心中不禁滋生一種快感，也叫你嘗嘗被背叛的滋味！故意地摟緊羅雲鵬的軀體，發出淫穢的呻吟聲。老廖他忽然轉身出去，不一會兒拿了一把菜刀回來，向前邁進兩步，眼看就要迫近眠床了，他的臉漲成赤紅，拿刀的那隻手抖索索地企圖舉起刀來，但是心有餘而力不足。「哈哈哈哈！」廖太太聽見自己放肆的笑聲，睜開眼睛，一切都消失不見了。窗外的陽光從忘記關閉窗簾的玻璃窗裡射進，快要曬到了廖太太的臥床上。算來羅雲鵬已經失蹤三天了！

日子一天天過去，廖太太從不動聲色變得有些徬徨無主，於是就約了老同學桂枝到東豐路的印象咖啡店喝茶。四月末的天氣，盛開的風鈴木在東豐路上拉起了一襲鵝黃色的帷幕，兩人在一處靠窗的座位就坐後，眼光都被窗外那一片襯托在蔚藍的天色下的單純的嫩黃吸引過去。

「這條東豐路眞是越來越漂亮了。」廖太太讚嘆地說。

桂枝接口道：「我記得我們小的時候這裡栽種的好像是鳳凰木，不知什麼時候變成了風鈴木。」

「換栽風鈴木是對的，鳳凰木火紅的顏色太強烈了，不如這一片鵝黃這麼溫柔、優雅。」

「這是個情調的問題吧？有人喜歡鵝黃的輕柔，可是也有人偏愛鳳凰木的熱烈呀！」

兩人叫的都是水果茶，桂枝笑道：「看來我們都養生有道了。」

「沒錯！」廖太太說：「到了我們這個年紀再不注意保養，就要提早進墳墓啦！」

桂枝忽然說：「看你滿面春色，難道你又……」

廖太太斜眼瞟著桂枝道：「你說呢？像老廖這樣的東西，你要我替他守節嗎？」

桂枝沉吟道：「當然不！我只是說你是幸運的，有錢，有閒，有自由，可大多數的女人都沒有你這樣的條件呀！」

「我知道，」廖太太說：「既然我有這個條件，不去用，不是太可惜了嗎？我現在學會了不去強求，但是送到嘴邊的，也沒有拒絕的必要。我……我是隨遇而安，不會再爲別人煩心了！」

不想還沒讓廖太太眞正煩心到寢食難安，羅雲鵬就出現在廖太太面前，苦著一張冬瓜臉說：「我媽她在浴室滑倒，摔斷了腿，急等開刀。我的股票都被套牢，只好到處張羅。」

「解決了嗎？」

「要是解決了，我就不用愁啦！」

「需要多少錢呢？」

「開刀連復健，總要上百萬吧！不是個小數目。」

「不過一百萬嘛！你不早說，先從我這裡拿就行了，將來等你的股票賺了再還我。」

「眞的？連上回借我的二十萬，有一百二十萬了耶。」羅雲鵬的細瞇的小眼睛裡閃出快樂的光芒，一把就把廖太太抱住，給她一個熱吻：「謝謝！」

「謝什麼？我還以爲我們的關係就此結束了。你這麼年輕，又是大帥哥一個，少不了崇拜你的女性。我……我……」說著禁不住掉下淚來，掏出手帕背轉身去拭淚。羅雲鵬扳著廖太太的肩膀安慰說：「我已經說過我不是那種見異思遷的人，我到哪裡去找像你這種富有氣質的女人？我發誓，只要你還要我，我不會離開你。」

不幸的是，在羅雲鵬拿去一百萬元的支票後第二天就不見人影了。廖太太打他的手機，只有奇怪的聲音，不知是關機還是沒電了。廖太太心想又是上次的把戲，說不定過幾天又會突然出現在眼前。誰知一天天地過去，眼看到了燠熱的夏季，這次眞的失去蹤影。廖太太從力持鎮靜到焦慮不安，從焦慮不安到茶不思飯不想，最後竟然病倒了，羅雲鵬依然沒有消息。女兒、兒子都回家來探病，廖太太不好直說，只說被一家冒牌的寶源公司騙去一百萬元，心中憋了一口悶氣。女兒忍不住埋怨說：「報上天天登的都是欺騙詐財的各種手段，怎麼還會上當？真是太愚蠢了！」

廖太太悻悻然地說：「媽咪是愚蠢呀！要不怎會上當呢？」

「如果爸爸還在的話，他一定不會讓你上當！」

「別提你老爸！」廖太太立刻怒容滿面地說：「他算人嗎？」

「怎麼啦？爸爸只不過有個外室罷了！」純純不以爲然地說。

廖太太握緊拳頭，怒不可遏。

「姊，你少說一句吧！」龍龍趕快把純純推開，過去握起媽媽顫抖的手。

廖太太的眼淚就在兒子的溫存中從雙頰流了下來，流呀流，好久沒有這麼痛快地哭過了。兒女都偎在廖太太身旁，付出無言的關切。到了重要關頭，還是兒女可靠。自己未免太荒唐了，爲何無緣無故地迷上一個羅雲鵬？這樣也好，破財消災，不過是一百多萬嘛！騙子！騙子！什麼寶源公司……什麼老媽開刀……恐怕都是些騙人的手段！還不知騙過多少傻女人？現在不用說又釣上了另一個傻女人。哈，我也只是個傻女人！廖太太噗哧笑出聲來。純純和龍龍齊聲說：「媽媽沒事了吧？」

廖太太舉手拭去淚水：「沒事，沒事，媽咪沒事！錢財乃身外之物，只要你們姊弟活得高興，媽媽就滿足了。」

兒女一走，又剩下廖太太孤獨一人。病一場，人瘦了一圈，但心境終於平靜下來。這一百萬也算值得。

廖太太攤開稿紙，開始寫一篇題作「河豚」的小說。河豚的肉非常鮮美，沒嘗過的人無從領略。但是美味是有代價的，因爲河豚的毒性很強，弄不好就賠上性命，可是世間多的是不怕死的人啊！

二〇〇四年五月五日

蟑螂

「恨意難消嗎？」
「阿彌陀佛！早已無恨、無愛、無生、無死。」
老尼咳嗽幾聲，一手輕撫胸部。

「你倒是修成正果啦！我卻陷在地獄之中。」
「放下屠刀，立地成佛呀！」
「我沒屠刀，我也不想成佛。
我現在最想的是把那老東西還給你！」
是真心話，不是搬弄口舌！

「阿彌陀佛！稀奇呀稀奇，當日橫刀相奪，何等威風，
怎麼也有厭倦的一日？」

—

「滾去找你的老相好！」

「不准你胡說八道！」

「她不就在開元寺嗎？去呀！去呀！我不攔你！」

「滿嘴胡言！眞是混帳！」

「說到你心坎去啦！是吧？」

「你給我閉嘴！」

「你閉嘴！」

「你就臭在一張嘴上！」

「你的嘴更臭！瞧你那一嘴黃牙！」

「你的牙白嗎？像吃過糞的一樣！」

「你才吃糞！你簡直就是吃糞喝尿長大的！」

「你連吃糞也不配！就會出口傷人！」

「傷人？你還算人嗎？你只是隻畜生！」噗地一聲說話的人同時放了一個響屁。

「你……你……你……」

老頭壓不住爆出口的笑聲，然後盡量讓心頭的怒火繼續燒紅一張臉，伸出瘠瘦的手指顫抖抖地指著老太婆的面門，好像氣得說不出話來。過了半晌，才喘過一口氣，斷斷續續地說：「你……竟……竟敢罵我……是畜生?!」

「罵你是畜生怎麼樣？你就是畜生！」老太婆蒼白著臉，眼裡冒著凶焰：「畜生！畜生！混蛋加三級！窩囊廢！性無能！」

「我看你是找揍！」老頭攥起拳頭在老太婆的面門前晃了晃。不想老太婆反身就廚台上拿起一把明晃晃的菜刀對著老頭就砍，幸虧老頭躲得快，不然一刀會砍個正著。

「你他媽的又來動刀動剪，我看你是活得不耐煩了！」

「去死啊！你！誰怕誰呀？」老太婆舞著手中的菜刀：「你這個混帳的老東西，看我哪一天不把你剁成肉醬！」

「看你凶成個什麼屌樣？還算個什麼老婆！簡直豬狗不如！」

「你呢？你還不如一隻蒼蠅！」

「你簡直就是一隻又髒又臭的『蟑螂』！」老頭惡狠狠地吐出「蟑螂」兩字，他知道老婆最厭惡的就是蟑螂，居然在重要關頭讓他想到這個狠毒的字眼兒。

沒想這個字兒眞把伶牙俐齒的老太婆的嘴給堵住了，只見她的臉色由黃轉白，由白轉灰，一時之間不知做何反應。老頭趁著這一剎那的緩衝飛快地奪門而出。

老太婆丟下菜刀，覺得眼中一陣火辣，卻挺著沒讓眼淚流下來。用手撩了撩披在額前的散亂的頭髮，一屁股坐進藤椅裡，嘴角下垂，一張臉一點一點地陰沉下來。

二

老頭與老太婆不再交換一語。這樣的冷戰近幾年越來越頻繁了。自從獨子那次意外的車禍之後，兩人心中都覺得是對方帶來的厄運，原來不多的一絲溫情竟也逐漸消弭不見。如今老太婆做好飯只顧自吃，不再像往日一樣給老頭留一份。老頭只好到街上隨處打游擊。一天到長榮路上吃碗牛肉麵，一天到東寧路口的 **Pizza Hut** 吃披薩，吃飽肚子，東逛西走，不到天黑不回家去。回到家一頭鑽進自己的那間小臥房，蒙頭大睡，第二天又跑出去閒逛，盡量躲開與老太婆碰面的機會。有時老太婆把電視開得天響，老頭也充耳不聞。

老太婆終於熬不住了，有一天燉了一鍋排骨湯擺在桌上，寫了一張大大的紙條壓在下面，上書：「老東西！要喝請便，沒放毒藥！」然後回臥房睡覺。

老頭回家後看到了紙條，掀開鍋蓋聞了聞排骨湯的香味，搖了搖頭，心想：「我才沒有這麼賤！」

第二天，老太婆起床後第一件事就是去看擺在桌上的排骨湯，不知那老東西吃完沒有？不看則已，一看之下老太婆的頭皮一陣發麻，嘴也大大地張開，原來在那排骨湯鍋上爬著好幾隻蟑螂，正搖動著觸鬚作勢要飛起來。

老太婆先是嚇得倒退三步，吸一口冷氣。那幾隻蟑螂，有一兩隻飛起來，一隻順著桌腿往下爬。老太婆看牠爬到地板，手提一隻拖鞋奮力砸下去，肚破腸流的那隻蟑螂還在奮力地往前掙扎，讓老太婆覺得十分噁心。老太婆屏著呼吸，拿張衛生紙把那隻半死的蟑螂捏進垃圾桶裡。可惜一鍋美味的排骨湯毀在那不識抬舉的老頭子的手裡！老太婆提著拖鞋到浴室找塊抹布把鞋底沾有蟑螂的乳白色黏液用力搓去，又用清水沖洗了一番，喘一口氣，回到自己臥房，沉落在那張老舊的藤椅裡。

賤老頭！居然敢罵我是蟑螂！真是不知死活！

「蟑螂……蟑螂……」伊叨念著：「蟑螂有這麼可怕嗎？」幾乎同時伊心中忽然靈光一閃，伊的細小的眼睛中露出一線狡獪的光芒。

到了晚上，老太婆用碗罩在餐桌上支起一條縫，把那一鍋不能再吃的排骨湯放在裡面，設下一個補蟑的陷阱，第二天一早就趕去飛快地把碗罩落下去，果然讓她捕到幾隻肥大的蟑螂。

三

老太婆把捕來的蟑螂養在一隻從超市拿回的紙箱裡，上面還用椎子鑽出透氣孔，放進吃剩的食物。一向厭惡蟑螂的老太婆如今竟津津有味地捕捉蟑螂，飼養蟑螂，不到一個月的光景竟收集了上百隻蟑螂。

爲了方便觀察，老太婆在紙箱上用玻璃覆蓋，在老頭不在家的時候，老太婆都花在觀察蟑螂上。開始的時候，看著那些六隻腳的昆蟲爬來爬去，忍不住頭皮發麻，後來久了，居然培養出興趣，看蟑螂爭食，看蟑螂裝死，覺得十分有趣。蟑螂那油亮亮的翅膀，顏色很像幼年時見過的蟋蟀，可惜不會鬥，只會窸窸窣窣地奔跑。臭蟑螂，也竟這樣有趣！蟑螂一天天多起來，老太婆又加以分箱，從一箱分成三箱。過了一個多月，伊見有些蟑螂的尾部生出咖啡色的卵鞘，像待產的孕婦般帶著卵鞘遲緩地爬行。後來蟑螂的幼蟲從卵鞘裡孵化出來，除了沒有翅膀外，長得很像牠們的父母。伊很想用手去播弄那些幼蟲，但畢竟不敢。幾個月過去了，大蟑螂生小蟑螂，不久，竟像養蜂人一般老太婆已擁有十多箱上萬隻的蟑螂。

老太婆觀察的結果是蟑螂嗜食肉類和澱粉，人吃的東西蟑螂都會吃，甚至人不能吃的東西蟑螂也會吃，難怪蟑螂的生命力這麼強勁。說蟑螂不會鬥，只是不會鬥給人們觀賞而已。如果故意在某一箱中不放食物，以後常會發現蟑螂的殘骸，可見蟑螂彼此之間也會相互撕裂、呑食，像人間在大饑荒時人吃人的情形一樣。不論有頭腦的人，還是沒頭腦的蟑螂，在飢餓的關頭都會不再講人倫道義以及同儕、同類之情了。吃啊！吃啊！該活的活著，該死的就讓他死吧！這個現象使老太婆悟到如要控制生物，最好先控制他們的胃腸，幾千年來女人受制於男性，豈不也是因爲被男人控制了胃腸的緣故？可憐的女人！

什麼情、愛，不過是生理制約下的反應而已。不論在動物界，還是人間，自私與殘酷似乎更爲根本。沒錯，更爲根本！要是你侵犯了別人的生存領域，沒人會對你客氣！伊想起自從嫁給這老東西，就嘗到了殘酷的滋味，一向目中無人自以爲是不說，言詞話語間還要顯示他的優越及對伊的輕蔑，簡直是一隻不折不扣的沙豬！最可恨的是不聽伊的勸告把多年的積蓄投入股市，自以爲可以大撈一筆，不想幾年來股價從萬點直落到四千點，弄得血本無歸。愚蠢的東西，偏要自作聰明！爲此，兩人大吵一架，恨不得把這昏昧的老傢伙剁成肉醬，方才解心頭之恨！

眞不敢回想當日怎會跟這樣的人——有著屍骸氣味軀體的人，睡在一張床上？還讓他撫摸自己的身體，進入自己的身體，甚至爲他生出一個兒子！呸！呸！呸！眞叫人噁心！

兒子，哎，兒子，如果兒子尚在人世，也許生活中還有點意趣，如今兒子已逝，面對這麼個老怪物，一天比一天痛苦。在兒子剛走的那陣子，伊眞想找一處高樓，縱身而下，不只是想想而已，而是有過那種欲望，有過那種衝動。然而她不曾眞正實行，那欲望隨後似乎結成了一塊疤痕，在她內心中某一個角落裡潛伏著，不時地冒出頭來搔刮著她最痛楚的地方。

四

一天，老太婆特意把花白的頭髮加意梳理，挽成一個漂亮的髻，換一件外出的衣服，叫一部計程車直駛開元寺。老太婆下車後，從養護院的偏門進入，當她看到第一個女尼，立刻趨前行禮說道：「我想見妙惠師父，敢請師父通報一聲。」那女尼從頭到腳看了老太婆一眼道：「阿彌陀佛！妙惠師父年紀大了，身體不好，平常都在禪房靜修，輕易不見外人。」

「我知道，」老太婆說：「我不是外人，我是她的老朋友，只是多年不見了。」

「請稍候！」說罷女尼匆匆行去，不久轉來對老太婆說：「請跟我來！」

老太婆跟隨女尼來到一處別院，倒是花木扶疏，十分幽靜。一排舊式平房，鑲有木質雕花的門窗，中間進門迎面供奉觀世音坐像。她倒福氣！老太婆緊跟女尼身後，不忘向觀世音合十行禮。轉進邊間，眼前一暗，聞到一股嗆鼻的藥味。女尼停步，只聽陰暗的室內有一個蒼老的聲音問說：「客人到了嗎？」接著一陣咳嗽。

「在此。」女尼說罷轉身離去。

老太婆趕緊接口說：「妙惠法師，是我，你還認得我嗎？」說著，電燈開亮了，老太婆看見室內陳設簡單，一床、一桌、一椅，靠牆的書架上排些經卷，桌上則凌亂地放置著茶壺、茶杯、藥瓶和藥盞等物。一個瘦骨嶙峋的老尼盤坐在床榻一端。老尼的光光頭顱之下滿是皺紋，眉毛也花白了。老得不成人樣！她低垂雙目，並不因爲有人進來而抬起眼來，只喃喃回說：「當然！你的聲音，印象太深刻了！」

「恨意難消嗎？」

「阿彌陀佛！早已無恨、無愛、無生、無死。」老尼咳嗽幾聲，一手輕撫胸部。

「你倒是修成正果啦！我卻陷在地獄之中。」

「放下屠刀，立地成佛呀！」

「我沒屠刀，我也不想成佛。我現在最想的是把那老東西還給你！」是眞心話，不是搬弄口舌！

「阿彌陀佛！稀奇呀稀奇，當日横刀相奪，何等威風，怎麼也有厭倦的一日？」

「現在才知，你是聰明人，走得瀟脫，活得輕鬆。」

「你何以知道我瀟脫，我輕鬆？」

「看你如今模樣，正是出家無家，不會遭受人間折磨。」老成這樣，會沒有折磨？

「阿彌陀佛！魔由心起，業由自造，怨不得他人！」

「不錯，業是我自造。」自造又如何？

「悔也無用！」

「我並不悔，只覺當日贏得無趣。原來世間眞是『塞翁失馬』。」

「該忘的忘，該放的放。」

「有些事是難忘的。」不會忘，爲什麼要忘？

「你的心思太過細密。」

「你也不差！」

「差太多了，不然怎讓你得手？」

「那是全靠運氣。」比你年輕啊！「現在想來應該說是晦氣。運氣倒是你的。」

「阿彌陀佛！」老尼又一陣椎心的咳嗽。

「你的病似乎不輕？」怕要快死了吧？

老尼一手扶住胸口：「病不重要！人總要離開，病與未病，沒有分別。」

「你果眞灑脫！」

「人總要放下，放下即是解脫。」

「我也在求解脫。」

「那麼就放下！」

「我當然要放下！可我再也沒想到他竟似魔鬼！」

「阿彌陀佛！言重了！」

「這不正是你行前留下的一句詛咒嗎？」我永不會忘記你的怨恨。

「罪過！罪過！我不記得詛咒過任何人。」老尼又咳嗽數聲，毫無情緒的變化。

眞會裝假！「是他，是我，對你而言，都是魔鬼。」

「阿彌陀佛！你們也可做菩薩。」

「我？也可做菩薩？」說得好聽！

「當然！」

「如何做菩薩？」

「解除人間苦就可做菩薩！」

噢，我明白了！「我明白了！」老太婆的臉又陰沉下來：「我會記得你這句話。」

「原知是你，本不該相見，但我想應該證明我不再介意你的存在與否。」

「多謝教誨！」

五

自從見了開元寺的老尼之後，老太婆再也不瞧老頭子一眼，對飼養蟑螂更加盡心，也更有興趣。每天俯身在紙箱之上，觀察油亮的蟑螂奔跑、交配、產卵、育幼，也自成一種生命的週期。再也想不到，世間最厭之物換一種心情竟會成爲寵物。

一夜，老太婆夢見渾身爬滿了蟑螂，覺得身上奇癢無比。醒來後，翻開衣衫看見身上多處起了紅斑，癢得忍不住兩手用力搔抓。過了兩天，仍不見好轉，老太婆只好到奇美醫院掛了皮膚科。醫生說是異位性皮膚炎，開了口服藥片和外敷藥膏，吃了敷了一陣子，紅斑仍在，其癢如舊。再去看醫生，還是一樣的藥，老太婆每天按時照吃照敷，總是不見好轉，但也未見惡化。每夜睡下，先努力搔抓一陣，倒覺得渾身舒暢，若無此奇癢，焉有這種搔抓之快？就好像養蟑螂一樣，令人厭惡的事，換一個角度，未嘗不成為美事一樁！

這皮膚炎不知是否與夢見爬滿一身蟑螂有關？有一天，老太婆潛進老頭子的臥房，竊取了老頭子換下還未及清洗的內衣。老頭子一向邋遢，自從兩人吵架之後，老太婆不再清洗老頭子的衣物，老頭子總是把換下的衣物堆積在那裡，非到無衣可穿的時刻，不會想到處理。邋遢的老東西，髒死了！臭死了！老太婆拿準他不會發覺內衣短少。老太婆把竊取來的內衣用剪刀剪成碎末，用來餵食那些飢餓的蟑螂，果真蟑螂們爭相把老頭子的內衣吞食掉了。

六

在這段時間，老頭子仍然早出晚歸，對老太婆相應不理，所以竟未察覺老太婆在背地裡幹的勾當。一晚飯後，老太婆站在門前專等老頭子回家，看看到了十點多鐘，才遠遠地瞥見老頭子拖曳著腳步走近前來，老太婆滿臉堆笑地迎上前去說道：「老頭子，你回來了？」

老頭子意外地看見老太婆這一張誇大的笑臉，一時不知所措，但繼而一想，仍覺得老太婆十分可惡，不可原諒，遂把臉一扭，裝作視而不見，逕自進門去。

老太婆搓著雙手，呆站在門前，死鬼！給臉不要臉的鬼東西！伊一張臉也一寸寸地黯淡下去，冷哼一聲，站了好大一會兒，琢磨老頭子睡下，才踱進門去。若在平時，按照老太婆的脾氣，一定會把電視機開得聲浪洶湧，故意干擾老頭子的睡眠；可是今天非常特別，雖然碰了老頭子一個釘子，老太婆竟乖乖地回到自己臥房，和衣躺下。這時只覺得渾身發癢，忍不住拚命一陣搔抓，直抓到全身發熱，感覺無比舒暢才停下手。又過了一盞茶的工夫，聽見隔壁鼾聲大作，知道老頭子已經睡熟了，老太婆這才躡手躡腳地溜下床來。先把自己的衣服整好，每一粒鈕釦都扣結實，把褲腳用帶子綁起，頭髮用絲巾包紮，戴上眼鏡與口罩，外面再罩上一襲雨衣，一切停當。老太婆輕手輕腳地搬動她藏在床下、屋角的那一箱箱的飛翅昆蟲。每一隻充滿了昆蟲的紙箱並不算重，搬動起來毫不困難，只須小心，以免弄出聲音。

下一個步驟是輕輕地打開老頭子的臥房，把一隻隻箱子移入，再把臥房門關嚴，檢查一次窗戶，也是關好的，於是老太婆輕輕地掀開了每一個箱子的蓋子，只聽刷刷刷刷的風聲，那些餓了好幾日的飛蟲都直奔老頭子的臥榻而去。

一聲悶哼，老頭子的身軀急烈地扭動著，無奈那些飛蟲太過密集了，一眨眼就密密地裹住了老頭子的頭臉，眼睛裡、耳朵裡、鼻孔裡、張開的嘴巴裡都充塞著飛蟲，使他再也發不出聲音。這時老太婆才又悄悄地快速地溜出門去，溜回自己的房間。

老太婆一夜沒有闔眼，一面抓癢，一面聽著隔壁似乎有些刷刷的聲響，細聽又似乎無聲，只偶然聽見大街上有車輛呼嘯而過。好歹熬到微曦，當她打開老頭子的臥房時，只見房內密密麻麻蓋滿了蟑螂，牆壁上、地板上、天花板上，都是，房內成了赤褐色的一片。她這一開門驚動了那些原來靜止的飛蟲，呼呼拉拉地飛動起來，有的從打開的門中飛出去，有的在房內亂飛。老太婆一手護著頭臉，一手急忙打開窗戶，讓一些蟑螂快一點遣散。當室內稍稍看出點眉目時，老太婆看見老頭子的臉已再不像一張人臉了，他已經沒有了鼻子，沒有了眼睛，沒有了嘴巴，剩下幾個黑洞和血糊的一片。他的手、腳，也成了幾條細細白白的骨枝。

老太婆見蟑螂在日光逐漸敞亮後飛的飛，躲的躲，已所剩無幾，於是拿來一支掃把劈劈啪啪地又打又掃，然後收起餵養蟑螂的紙箱，一個個壓扁，連同蟑螂的屍骸裝進一隻黑色的垃圾袋中，這時忽覺渾身乏力，跌坐進一張藤椅裡，兩手撫面，細聲地啜泣起來。

二〇〇三年七月二十二日

電梯

「當然嘍！健美的軀體不展露，是種浪費嘛！」
說著陌生男子伸出豔紅的舌頭舔了下口唇，
好像隔著空氣舔了下對面的女人。

男人聽到咯崩一聲，
幾乎咬斷了自己的牙齒。
男人忽然看見陌生男子的一隻手伸向女人胸前，
把女人嚇了一跳。

「一隻蚊子……」

兩人從位於台南市中山路的新光三越走出來，這一男一女都有一肚子氣，女的氣的是「這麼小氣，我看上的那件衣服才不過一萬多塊，就捨不得買！」男的氣的是「好東西不在乎價錢，挑來挑去挑出那麼一件難看的東西，居然要一萬多塊，哪值得？還要買，眞夠笨！」

黃昏的天色變得快，一眨眼的工夫銀亮的街燈已經接替了落日的餘暉，把行人的影子向不同的方向投射。男人看著腳下忽左忽右的影子，心中怪罪女人的不知好歹。過去刷爆一張信用卡，伸手向老爸要錢倒也不難，如今老爸從知名的企業家一變而成爲銀行的拒絕往來户，情勢就大不相同了。轉了幾個街角，就是居住的大樓。兩人一前一後地走，好像兩個不相干的人，心中的氣使兩人都閉緊了嘴，不出聲。到了電梯跟前，走在前面的女人從皮包裡掏出卡片，在電梯旁的刷卡機上滑過，按了電梯向上的按鈕，不一會兒電梯的門開了，女人先進去，不想電梯裡已經站了一個戴墨鏡的人，也是男性，大概是從底層的停車場上來的。男的隨後跟進，不願跟女的貼得太近，就站在那個陌生人的另一邊。他似乎聞見一陣淡淡的薰衣草的氣息。五樓的按鈕亮著，女的又按了十六樓的按鈕，電梯於是緩緩上升。站在兩人中間的那個人，穿著粉色的襯衫，白色的西褲，從敞開的領口露出一條閃光的金項鍊，看起來比男人年輕許多。

電梯裡雖有風扇微微地吹著，女人一手提著皮包，忍不住另一手拿著手絹輕輕地按著髮邊的汗珠。一抬臉見那陌生男子正對自己微笑，於是也嫣然一笑。

婊子，對陌生人也這麼浪笑！男人惡狠狠地望著女人的臉。女人裝作沒看見，眼光卻拋向身旁的陌生男子。

「天氣好熱！」陌生男子開口說，笑著，露出一口白牙，一抬手碰上女人光裸的胳臂。

女人沒有退縮。「是啊！天氣是熱！」

他媽的，發什麼騷！男人從對面的鏡子裡看到那陌生男子的在他看來是相當淫邪的笑容。

女人穿的是淡紫色的低領連衣裙，胸前開了一個菱形的洞，上面用一條與衣裙同色的絲條繫著，微微露出了乳溝。這裡正是吸引著陌生男子目光的地方。

那陌生人背對著男人，面向著女人，雖然從鏡子裡也看得到男人的身影，但好像他不存在的一樣。

「這樣的天氣，應該泡在水裡才舒服。」陌生男子說。

電梯在五樓停下來，門開了，陌生男子卻沒動。男人覺得奇怪。女人瞟了一眼正在關閉的電梯門，然後眼光又飄向陌生男子。

「沒關係！」陌生男子會意地說：「陪你上去，難得嘛！」

他媽的！色狼一個！

「謝謝！」

她居然要謝謝這隻色狼！

男人眞想給她一個嘴巴，他氣的不只是那陌生男子的輕狂，也氣女人的不知分寸，也許對後者的氣更大。

「台南有個海邊，風景好，水乾淨，但知道的人很少。」

「是嗎？」女人接口說。

「我可以帶你去。」

「太好了。」女人說時眼裡也帶著，在男人看來，十分的淫邪。

「健美的女士更該多多展露。」

太過分了！男人用力地攥緊拳頭。

「那健美的男人呢？」女人笑著問說。

「自然也一樣嘍！」陌生男子很帥氣地把體重換到另一隻腳，這樣離女人更近了一點。

男人覺得已經忍無可忍，就要爆炸了。

「啊！是這樣子的。」說著，女人又嫣然一笑。

「當然嘍！健美的軀體不展露，是種浪費嘛！」說著陌生男子伸出豔紅的舌頭舔了下口唇，好像隔著空氣舔了下對面的女人。

男人聽到咯崩一聲，幾乎咬斷了自己的牙齒。男人忽然看見陌生男子的一隻手伸向女人胸前，把女人嚇了一跳。

「一隻蚊子……」

陌生男子的話還沒完，男人的右臂已經圈上陌生男子的脖頸，同時聞見薰衣草的氣味直衝鼻腔。陌生男子漲紅了臉，用力掙扎，嘴裡發出窒息的呵呵聲。女人斜眼瞧著男人，嘴角露出一絲輕蔑的笑意。男人收縮強勁的右臂，把平常練啞鈴的氣力都用了出來。我要你個卵芭的好生記著！男人咬著牙，好像他對付的眞是一隻凶惡的狼。

電梯緩緩上升。

陌生男子呵呵地掙動了一會兒不再發出聲息，頭漸漸垂了下來。電梯到達十六樓，門開了。男人鬆開胳臂，陌生男子的身體委頓下去，墨鏡跟著滑落。女人瞪視著男人。

男人呆了。電梯的門又輕輕闔上，靜止不動了。

「你看，這下可好了！」女人一面說，一面按了十八樓（也就是最高樓層）的按鈕。電梯又開始上升。男人俯下身，搖了搖陌生男子的肩膀，他的頭顱也隨著搖擺幾下。到了十八樓，電梯的門打開。

「拉出去！」女人用命令的口吻說。

男人無言地抄住陌生男子的腋下，用力把那已失去自主力的身體拖離電梯。克喳一聲，墨鏡碎裂在男人的腳下，但他似乎全無所覺。

「拖上去！」女人指著通往樓頂的階梯。

樓頂正中密密地排了一列鑌鐵製的水塔，在夜空中兀自閃著晶瑩的亮光。男人把陌生男子的身體一直拖到水塔旁邊。

「快！施行人工呼吸。」

男人雙手壓在陌生男子的胸前用力擠壓，沒有反應。女人俯下身，撩起長髮把一隻耳朵壓在陌生男子胸前，沒聽到什麼聲音。女人的嘴壓到陌生男子的嘴上，用力吹氣。男人粗暴地一把推開女人，換自己來。他聞到陌生男子緊閉的口中顯然有酒精的味道，這樣嘴對嘴地吹氣，使他感到十分噁心，就停下來，一隻手探進陌生男子的襯衫裡，覺得還有些體熱，但是一點都感覺不到心臟的跳動。

「心不跳了！」

「不跳了，我早知道。」

他手裡握著那陌生男子胸前的項飾。

「送醫院嗎？」

「那不是自投羅網？」

他用力一扯，金項鍊懸著的墜飾扯了下來，借著燈光瞧看，好像是一個女人的小照。

「我沒想到他這麼不中用。」他把墜飾連同金項鍊裝進自己的褲袋裡。

「誰教你這麼用力！」

「還不都是因爲你！」

「屁話！我沒叫你殺人！」

「我受不了你那種淫邪的模樣。」

「你才淫邪！小氣鬼！廢物！」

「狐狸精，到處發騷！」

「窩囊廢！性無能！」

男人抓住女人的一隻手：「你再說！再說！每次出事都是因爲你，你知道你是天下最淫惡的女人，掃把星，只會給人帶來厄運，你！」

「放開我！」女人用力掙脫著，啐了一口吐沫在男人臉上。

男人鬆開女人的手，一隻手在臉上抹了一把，惡狠狠罵道：「該死的母狗！」

拍的一聲女人搧了男人一記清脆的耳光。

男人不加思索地也回了一掌，也很清脆，這一掌不輕，使女人痛得眼淚都掉出來，一手覆著腫脹的臉頰哭聲叫：「你自己殺人，怎能怪我？」

兩人隔著一段距離，彼此瞪視，男人眼內的凶光漸漸淡弱下去。

「怎麼辦？」

「別求我！每次出了事，都要我來給你擦屁股嗎？」

男人低垂了頭，不再出聲。

女人朝地上啐了一口：「你看，都被你打出血來。」

「對不起！」男人衝上一步扶起女人的臉，把女人擁在胸前，用手溫柔地撫摸著女人的被打的臉頰：「我說對不起啦！」

「快！」女人指著陌生男子靜靜躺在地上的身體：「得先處理掉！」

「怎麼處理？」

「那裡，」女人指著一架水塔：「丟進去！」

男人於是彎下身又去拖陌生男子的軀體。

「笨！不能這樣丟啦！得消滅證據！」女人動手去剝陌生男子的衣衫，男人會意地去脫下陌生男子的鞋襪。兩人合力剝脫去陌生男子的外衣，女人吃力地拉下他的內褲的時候，兩人都驚異地發現陌生男子的生殖器居然是勃起的，而且在根部還有一個金色的套環。

「看！是金的嗎？」女的問。

「屁啦！誰會把金子放在這裡？破銅爛鐵啦！」

男人拉著陌生男子的肩膀，女人推著陌生男子肥滿的屁股一級一級地登上水塔的扶梯。兩人都很吃力，但終於到達水塔的頂端。男人一手掀開水塔的蓋子，不想應手滑落地面，發出嘡啷一聲巨響。兩人嚇了一跳，手一鬆，陌生男子的軀體順著扶梯墜落下來。男人跟著跳下，兩人都退到陰影裡，側耳傾聽，聽到的只有各自通通的心跳。過了好一會兒，沒聽到其他動靜，兩人才又躡手躡腳地走到陌生男子的軀體旁，重複剛才的動作。

這次成功地又拖又推地把陌生男子的軀體拉上水塔的頂端，男人發現女人往上推的時候，居然一手抓在那陌生男子勃起的陽具上。然後，那陌生男子的軀體頭下腳上地被塞進水塔裡去，有些水溢了出來。女人撿起掉落地面的蓋子遞給男人，男人蓋嚴水塔，喘一口氣，拍拍手，臉上居然露出笑容。

男人跳下來，出其不意地一把抱住女人。

「放開我！」女人吃力地掙扎。男人愈發用力，一手隔著衣衫抓在女人的乳房上。女人開始用腳踢，仍然不發生效力。男人一手從女人的裙下摸上來。

「他媽的，都濕了唉，是不是因為摸到他那大東西？」

「懶蕉你……」女人張開嘴叫，男人一手掩住女人的嘴，正好被女人咬住手掌。

「唉呀！」換男人叫出聲來，抽出手，忍著疼痛，撩開了女人的下衣，嗤啦一聲，女人的內褲從前裂開，男人的手指插進女人的下體。

女人軟下來，靠在男人身上。男人把女人推向堆在水塔陰影裡的陌生男子的衣物上，摟在一起，在水塔的陰影裡，兩人都開始急促地喘息。

忽然，警車的笛聲由遠而近。兩人停下來，很有默契地對視一眼，整好衣衫，急速地捲裹起地上的衣物、鞋襪，屏住呼吸，兩人覺得汗水浸浸地從脖頸流下。那警車的笛聲又由近而遠去了。

女人舉起手中捲裹的衣物去擦拭耳邊的汗液，忍不住吸一口氣，一陣薰衣草的香味飄入鼻中。

「明天，」她說：「丟棄這些，就什麼都沒有發生過！」

二〇〇四年三月十六日

新居

一個人似乎永遠無法體會另一個人的感受。
愛一個人，
就該完全放棄自己的感受嗎？
在對方並沒有以同等的體貼來呼應你的感受的時候，
你還能保留多少自己？
一個不再有自己的人，
豈不成了別人的一個黯淡的影子？
如果對方一步步地都在踩痛你的腳，
使你無所逃避，
你生活的前境只有在呼痛中度過……

蘇教授家雙喜臨門：獨生女兒怡君今年暑假考取成功大學的歷史研究所博士班，同時出閣嫁給成大水利系的助教授陳炳雄。

兩人從認識到戀愛也有兩年之久了，那時候蘇怡君還在成大的歷史研究所修碩士學位，而陳炳雄在同校水力所的博士班跟吳教授研究台灣的水文，兩人是不同院系的學長、學妹的關係。雖說同校談戀愛的同學很多，一般結成連理的可能也很大，但是蘇陳的戀愛卻並不十分順利。首先，學文的人跟學理工的人的想法經常相左，更重要的是兩人的家世有很大的差距：蘇教授是曾經留美的英美文學博士，已從成大外文系退休；陳炳雄卻出身農家，全靠自己的努力才躋身學界。這還不說，蘇教授是生在大陸跟隨國民政府撤退來台的所謂「外省人」，陳家卻是台南官田土生土長的所謂「台灣仔」。本來省籍的界限在多年來同舟共濟互相通婚的影響下漸漸淡化了，不幸的是近年來因爲選舉競爭的激烈又讓一些別具用心的政客炒作起來，形成在不同族群間儼然分裂的情勢。尤其在大選時期，不同陣營之間劍拔弩張，緊張萬分。兩人間的波折可說是受了大環境的影響。

在戀愛期間，雙方都受到來自家庭的不同壓力。蘇家是比較開明的家庭，講民主，重個性，多少尊重個人的選擇，怡君因而有比較大的自主權，可是她也感覺到父母親並不多麼看好她的對象。蘇教授曾經婉轉地談到家庭背景對一個人的脾氣與個性形成的重要性，蘇太太更露骨地說出「門不當，戶不對」的話來。至於陳家，從一開始就堅決反對這門親事，陳媽說不要學歷這麼高的媳婦，將來怕指揮不動；陳爸在乎的是省籍，乾脆不准兒子娶外省媳婦！陳家的規矩是老爸說了算，兒女沒有置喙的餘地。

壓力越大，反動力也就越強，越是感到家人在進行拆散，兩人愛得越發難捨難分，都覺得不結合，毋寧死！女兒既然這麼堅決，蘇家首先讓步，蘇教授勸告老伴住口，不要再說褒貶的話。陳家比較麻煩，要叫兩老妥協，眞不簡單。幸虧陳炳雄有一哥、一姊、一妹，都多少受了些現代教育，願意幫他說話。特別是陳炳雄的大姊，個性開朗，爲人四海，不認爲省籍算什麼大不了的事，對父母的觀點很不以爲然，常常千方百計地給雙親一些機會教育。但是到了最後，眞正扭轉陳爸那顆頑固的心的，還是多虧陳炳雄的幼妹。這個在成大醫院當護士的妹妹愛上一個外省籍的醫生，一想到父母的態度就感到內心絕望。她不像她大姊，個性非常內向，心事輕易不肯向人透露，獨自在恐懼與絕望的壓力下一天忽然割破了自己的手腕，雖然急救後挽回了一命，卻眞把陳家兩老嚇壞了。後來當陳炳雄暗示出不娶怡君不如一死的意圖時，兩老的心居然軟了下來。

怡君與炳雄的婚禮隆重而不誇張，在火車站前的台南大飯店請了幾十桌客人，多半是成功大學的老師和同學，另外就是陳家在官田的親友鄰居，陳水扁和吳淑珍也以同族的名義送來一副喜幛。炳雄的指導老師曾經做過成大校長的吳教授爲他們福證，特別意有所指地說兩人的結合證明台灣族群的和諧。蘇教授也說了話，不過說一些愛女出嫁的感受，說著說著眼淚竟流了下來。男方家長感受到語言的壓力，拒絕上台發言。

婚後兩人感覺到經過艱苦的奮鬥結合之不易，相約吃素，用以砥礪相互忠貞的決心，誰知不到一個星期炳雄就豎了白旗，恢復葷食，怡君只好跟進。

他們臨時住在陳炳雄在成大的單身宿舍裡，因爲成大早已沒有眷屬宿舍可以分配了，一般有眷屬的人都要自己想辦法，如果購買新居的話，校方可以幫忙申請教育部的低利房貸。兩人都有些存款，又趕上近年來台灣的房市低迷，一般房價比前些年跌了將近一倍，也許算是個購買房產的好時機，雖然也有人認爲台灣的房產還會繼續大跌。兩人商量趁開學前的一個多月時間，找一所理想的新居，蘇教授也這麼慫恿著，甚至願意借一部分頭款出來。

怡君內心希望最好住在成大附近，離父母近，兩人上課也方便。炳雄卻想買一所新建的房子，遠近不拘，潛意識裡期盼最好離蘇家遠一點，免得丈人、丈母時不時地插進來干預小倆口的甜蜜生活。恰好在成大附近的多半都是中古屋，要想購新房，還眞得到較遠的郊區才行。

於是怡君說：「你我都在成大上課，無論如何不應住得太遠，沒必要消耗無謂的精力！」

「是啊！」炳雄卻說：「爲健康著想，住郊區也許更合適，空氣清新，聽不到市聲，不比住鬧市好嗎？反正開車嘛，不在乎一點距離。」

怡君看著炳雄的目光閃爍不定，好像心中有別的主意，就說：「你說得好，開車的是你，我又不會開車。」

「還不是我載你，我會留你一人在家嗎？」

「要是你有事呢？」

「偶爾叫部計程車也算不了什麼呀！」

「浪費時間，浪費錢，划不來！」怡君想了想，接著道：「我爸願意借錢給我們付頭款，他雖然沒說，我想他的意思要我們住近一些。」

「幹麼要借人家的錢，我們自己又不是沒有？借錢難道不還嗎？」

「奇怪！我爸是人家嗎？還不還那是以後的事，還看我們將來有沒有那個能力！」

陳炳雄沒再說什麼，可是心中有自己的想法，感到跟太太有些話不投機。兩人睡下後，背對背臉朝向不同的方向。不久炳雄就鼾聲大作。怡君卻一時無法入眠，反過身來，伸手去撫摸炳雄的背部，鼾聲停止了，可炳雄沒有移動，不知他有沒醒過來。怡君忽然有一種陌生感，好像我並不多麼認識這個人，他是誰呢？他的家庭、他的脾氣、他的想法，我能知道多少？如今兩人卻睡在同一張床上，成爲如此親密的夫妻關係！怡君瞪視著粉白的天花板，久久無法入睡。

第二天兩人買了一份《中華日報》，翻閱房售廣告，把地點和價錢合適的都畫出來以便有空的時候去看。巧的是炳雄開車經過一家房產經紀公司，進去打聽一下，經紀人要他塡寫一張表格，立刻推薦了幾處，約好時間去看。

幾天看下來，不是太舊、太小，就是地點不好，兩人都頗感失望。只有一處，也是經紀人介紹的，距離成大只有一公里多，步行雖說遠一點，如騎腳踏車不過十幾分鐘，而且居然相當新，可以滿足炳雄貪新的傾向。經紀人說賣方要價五百七十萬，三十坪上下的透天厝，價錢比前些年的確便宜很多。隔一天在《中華日報》的房售廣告上不想看到同一所房子，只要價五百四十萬，相差三十萬。炳雄打電話去問，才知這廣告是賣主自己登的，本來要價如此，那三十萬是經紀公司加上去的，行話叫「戴帽子」，如果經紀人賣出高價，這多出來的帽子就是經紀人佣金以外的外快，買的人就成了冤大頭了。怡君聽了非常生氣，忿忿然地說：「聽我爸爸說，在美國的經紀人只拿賣方的佣金，不拿買方的佣金。如今台灣人眞是貪得無饜，經紀人買賣雙方兩頭吃不說，還要想出這樣的鬼主意來，眞叫人生氣！」

炳雄遂說：「各有各的行規嘛！人性本來就貪得無饜，台灣人也不例外而已！」

怡君知道炳雄誤會了自己的意思，就不再言語了。炳雄接著說：「那我們以後不再找經紀人，自己看廣告，自己去找，怎樣？」

怡君同意。週末的時候，兩人一一先用電話聯絡，然後再開車按照地址一家家去看，這才發現台南居然有那麼多賣不掉的空屋。前幾年建築業興旺的時候建得太多了，如今房市低迷，如果賣主不想賠錢的話，只好空在那裡養蚊子。有些建得的確漂亮，佔地又大，動輒上百坪，可價錢都在千萬以上，只有令兩人咋舌的份兒。

有一天，蘇教授告訴女兒說有一位住在勝利路的同事的鄰居在賣房子，不妨去看看。怡君興致勃勃地告訴炳雄，誰知炳雄竟說：「勝利路呀，那不是住在你老爸隔壁了嗎？」

怡君聽了覺得奇怪，因道：「我爸住東寧路，怎麼是隔壁？就是住在我爸媽隔壁，彼此照應，不是更好嗎？」眞不懂，炳雄在想什麼？

「好好，我沒意見，你覺得好就好！」炳雄說，顯然缺少熱度，讓怡君覺得掃興。

炳雄既然表現得興致不高，怡君想不如自己先去看了再說。原來那家人辦好移民，急等出國，所以開價不高，又沒有經紀人從中剝削，怡君覺得是個好機會。特別使怡君滿意的是房子躲在勝利路的小巷裡，離車來車往的大街還有一段距離，三層樓的透天厝還有一個小院子，院中一棵榕樹，覆蔭著客廳的前窗，在炙熱的夏季準會帶來不少清涼。這也許正是適合我們的新居，我看了舒服，他能討厭嗎？

第二天與房主約好帶炳雄去看，哪知炳雄看了之後立刻搖頭，一面對房主假笑著，一面低聲對怡君說：「回家再說！」

一回到家，炳雄就迫不及待地道：「你眞是莫名其妙！不見那所房子有路衝嗎？」

「什麼路衝？」怡君詫異地問道。

「你們外省人眞奇怪，連路衝都不知道！路衝啊，就是有一條路正對著房子的大門。住這樣的房子，不死人，就倒楣！」

怡君的心卜騰一聲沉下去了。怎麼會有這種事？一條小巷也會爲人帶來如此嚴重的厄運嗎？怡君心裡不太相信，想了想才慢條斯理地說：「是這樣子的呀？那麼台北的總統府正對著凱達格蘭大道，不是個大路衝？當總統的人豈不個個不得好死了？」

這句話把炳雄頂得張口結舌，只得訕訕地說：「那是政府機關，我說的是私人住宅。在台灣大家都知道路衝的房子不能住，只有你不知道！」

「只是對著一條小巷，也算路衝嗎？這麼說台灣不知有多少路衝的房子，還不都住的有人？」

「要住你去住，我不會陪你去住路衝的房子！」炳雄忿忿然地說。

「是這樣子的呀！」怡君只覺心頭越來越涼，好像突然間被人遺棄了的感覺，眼淚在眼眶內打轉，急忙回身去裝作找東西的樣子。這時炳雄已兀自出門去了，根本就沒留意到怡君的反應。

一時間怡君只覺心頭空空，想著跟父母同住的時節，何嘗聽過一句重話？自己時不時地使個小性子，父親都會呵呵地笑過去。想著不由得就拿起電話來撥出娘家的號碼（本來原是自己的電話號碼啊），那邊接電話的正是蘇教授。

「是君君呀，爸爸正要打電話給你，勝利路的房子我跟你媽也去看過了，眞的很不錯唉，在巷子底，聽不見大街上的車聲，院子有遮陽的大樹，夏天不會太熱，還有一棵桂花，挺香的……」

「爸，你別說了！」

「怎麼了，君君？」

「炳雄他，不喜歡！」

「炳雄不喜歡？爲什麼？」

「他說是路衝，住了會死人！」

蘇教授沉默了一會兒才說：「眞是胡說！那條小巷子算路衝嗎？人家美國有錢人的大宅大院，哪一家不是汽車直通門前？學科學的人也這麼迷信！」

「不想爲這個吵架，所以不再考慮這所房子！」

「可惜呀！賣主聽說是我的女兒要買，正要減價呢！你知道你媽說什麼？她說呀，房子夠大，生三個孩子都住得下。哈哈哈！」

「爸，你別開玩笑啦，我一個都不會生！」

「什麼一個都不會生？你媽和我正等著抱孫子呢！」

「煩死人，別說了啦，爸！再見啦！」

「這孩子！」

怡君掛了電話，收拾東西到學校去轉轉，還沒開學，文學院前的羊蹄甲總開著紫紅紫紅的花朵，成功校區的大榕樹下有人在打拳，成功湖畔有人在散步，剛會走路的小孩子追著地上覓食的鴿子跑，兩條小腿快要把自己絆倒了，湖上有一雙白鵝正優哉游哉地漂蕩著。怡君到系辦公室的研究生信箱看看有沒有自己的信，果見有一封信躺在那裡，上面沒有發信人的地址，只寫著內詳。奇怪，是誰寫來的呢？拿了信，走到湖邊樹蔭下的石凳上坐下，先望著天光樹影發了會兒呆，這才把信打開，先去看下面的署名，原來是自己高中時代最要好的朋友玉婷寫的。多年不通音信，不知道現在她人在哪裡，忽然接到來信，令人驚喜，也很感意外。信中首先恭賀怡君考取博士班，沒祝賀怡君新婚，好像她還不知道，接下來就談她自己近年的遭遇。怡君一面看一面不由得眉頭緊蹙了起來，信上竟都是些悲觀失望的話語，一點也不像當年她那歡快爽朗的口吻。最令怡君驚心動魄的是下面一段話：

怡君，你再也不會想到遇人不淑是多麼可怕的事！如果只是粗暴，動輒拳腳相向，而背後還有夫妻的情意，倒也可以忍受。怕只怕他只把你看作是他的出氣筒，他所有的不如意都發洩成對你的侵凌。他每天都斜著眼看你，笑你穿的衣服顏色不對，挑剔你的髮型土氣，你走路的腳外八字被他看到眼裡，成爲嘲弄的話柄。你吃飯的時候偶然弄出聲音，不得了，他竟說是幼年的時候我媽沒有把我教好！天哪！在他眼裡，我和我的娘家人都成爲低人一等的渣子！他總跟在人的身後，如影隨形，專挑人的毛病，使你無所逃遁，而我的公婆卻把他看成一個寶，逮到機會就教訓我如何善盡婦道。天天如此，月月如此，年年如此，這是不是就是所謂的『人間地獄』？如今我的心不只是涼了，而是麻木了，不再感覺到生活還有任何一絲樂趣。現在我才知道什麼叫生不如死，我常想到何不從我們住的五樓上一頭栽下去，再也不要面對他這個人和這個令我不想留戀的世界！但一想到兩個幼小的兒女，所有的求死的勇氣又都流洩淨盡了。

信裡並沒有留下回信的地址，只說想對老朋友說說心裡的話，不希望接到回信，以免引起多疑的老公的不必要的猜忌。

看了這樣的信，眞令怡君心頭沉重，一個光鮮快樂的少女被一次不幸的婚姻轉變成如此一副可憐的模樣，遇人不淑的後果竟如此嚴重呀！如今早已不是父母之命、媒妁之言的結合，自己相中的對象，如有不測，該怨誰呢？但是戀愛常常是盲目的呀，沉醉其中的人無法保有冷靜的判斷力，對於別人的善語良言都聽不進耳去，而後果卻要拿一世的幸福作賭注去一肩承擔……天哪！太可怕了！

怡君把玉婷的信小心地折起，放進皮包裡，心中像壓了一塊石頭。正當此時，裝在皮包裡的手機響起來，怡君打開一聽，原來是炳雄，口氣挺衝：「你人在哪裡？現在幾點知道嗎？」

「我在學校呀！能在哪裡呢？」怡君委屈地說：「幹麼這麼凶呀？」

「我哪裡凶？」炳雄的口氣緩和下來：「連飯也不要吃了？」

「不是說好在學校吃嗎？」

「在哪裡吃都無所謂。是這樣子的，朋友介紹一所新建的房子，在五期重劃區，吃過飯我們去看看好不好？」

「五期重劃區？那不是很遠嗎？」

「我已經說過幾遍了，你總記不住，開車遠一點不算什麼！」

「好吧！」怡君言不由衷地說。

在去看房的路上，炳雄掩飾不住他那興奮的心情，他說：「據說這組新房建在海邊，站在陽台上可以望見大海，想想看每天望著浩渺的大海，心情有多麼舒暢！」

怡君不置可否，因爲她一向怕水，怕海，特別不喜歡海水的那種腥味，炳雄他不是不知道呀，還說這樣的話！

當炳雄的車停在一群煌煌然的華廈前的時候，怡君不由得愣住了，急忙拉拉炳雄的衣袖低聲問說：「是這裡嗎？」

炳雄扭轉頭瞧著怡君似笑非笑地說：「是呀！有什麼不對嗎？」

已經有一個人站在門前了，在這樣的熱天氣還穿著西裝打著領帶。一見他們下車就笑嘻嘻地迎上前來，握起二人的手各搖了一下，說著歡迎參觀的客套話，送上名片，原來是建築公司的推銷員。

進到屋內，先是衣帽間，推開一扇玻璃門才是客廳。客廳是挑高的，中央高懸著一盞水晶吊燈，這時熒光四射，十分搶眼。落地窗掛著淡紫色的窗簾。室內不但有涼爽的冷氣，而且有全套的裝潢與家具，看來是一座樣品屋。家具都是高檔的進口貨，顯現出高雅的質感。在推銷員的引導下參觀了廚房與餐廳以及二樓和三樓的四間臥房和三間衛浴設備。令人印象深刻的是寬敞的廚房和大尺碼的浴盆與按摩用的迴旋水流，足以滿足現代人暴發了的物質欲望。可惜的是樓下沒有庭園，但在樓頂有一個水池，養著各種顏色的錦鯉，且鋪了草坪，點綴著盆栽，算是個空中花園。

問一問出售的價碼，推銷員說有三種規格：一種是九十坪以上六房四浴的，從兩千一百萬起價；第二類是六十坪以上四房三浴的，像這間樣品屋，從一千六百萬起價；最後一種是四十坪以上三房二浴的，從一千三百萬起價。這麼貴！怡君不禁暗暗伸了伸舌頭。

推銷員問二人是否夫妻？炳雄搶著點頭，還把身分證拿出來以資證明。確定身分後，他笑嘻嘻地說有禮品贈送，原來是一雙精美的對錶。

開始怡君看了不敢伸手去接，遲疑地說：「房子，我們不一定要買的。」

推銷員趕緊解釋說看房就送，買不買沒有關係。臨行時推銷員又低頭對炳雄說了幾句話，後來炳雄告訴怡君他說的是可以在售價上打一個九五折。

怡君憂慮地說：「這樣豪華的新房，對我們來說不是太貴了嗎？」

「住這樣的房子才有身價！」炳雄撇著嘴說。

「可是，我們哪有這麼多錢？」

「怎麼沒有？你不說有一百多萬積蓄？我也有兩百多萬的存款，加在一起將近四百萬了，我可以向教育部申請一百五十萬的低利房貸，還有你不是說你老爸也願意拿錢出來，多少呢？至少也該有兩百萬吧？攏總算下來，我們籌到八百萬沒問題！其餘的可以向銀行貸款。」

「積蓄都付了頭款，每月還要這麼多房貸，這樣的日子過起來叫人擔心！」

「我們還都年輕，怕什麼呢？」

「其實，你知道，我要的不是豪華，我要的是舒適，要的是心安理得，房屋不在新舊貴賤，只要窗明几淨，院中有些花草，坐在窗前，看得到窗前的樹影，聞得到院中的花香，就足夠了。就像勝利路那樣的房子，價錢我們負擔得起，我覺得就挺合適。」

「別再提那房子！跟你說過了路衝！院裡還有一棵大榕樹，只會養蚊子，看著也礙眼。就是不路衝，沒有大樹，那樣的舊房子，我也看不上眼！」

怡君無話可說了，她心中想像的優雅而安適的生活，怎麼炳雄一點兒都體會不到呢？叫她住在那樣豪華高貴的新房，遠離開父母，每天聞著海風的腥氣，而且還擔負著不知何年何月才還得完的房貸，叫她如何心安呢？

過了幾天，當炳雄逕自付了二十萬的押金定下了五期重劃區海邊一所四十坪三房二浴的房屋的時候，怡君完全驚呆了。

「你怎麼能這麼獨斷獨行，完全沒有我的同意就付了押金呢？」怡君忿忿然地質問著。

「看房以後你並沒反對呀！而且我也不是獨斷獨行，我阿爸、阿母、大姊都去看過了，他們一致說好。我阿爸說面水生財，財源滾滾來；門牌五八八，是說我發發，這樣的風水到哪裡去找?」

「你學科學的人會這麼迷信!」

「你學歷史的人居然不知民俗!你最好去問問你們貴系的石老師,風水是迷信嗎?連總統的座位都是風水師安排的!」

「你阿爸、阿母、大姊都說好,是他們付錢嗎?買了是他們住,還是我們住?」

「他們有時也會來住呀!」

「是嗎?」

「就是你爸媽來住,我們也歡迎,何況是陳家人!」

「你就完全不管我心裡怎麼想?我住得舒不舒服?」

「奇怪了,大家都舒服,你會不舒服嗎?」

「住那種我們負擔不起的豪宅,我就不會舒服!我寧願住小一點、舊一點、離學校近一點的房子。」

「舊房子,留有別人的氣息,住著噁心!」

「我不反對買新房子,但總得有些情調的房子,不能只顧新、大、貴,像個暴發戶似的。」

「那麼，你認為我是暴發戶了？」

「我哪敢說你是暴發戶呀？」

「你認為只有你們學文史的有品味，別人都粗俗不堪，不入流！」

「我沒有說過這樣的話，你不要任意引申！」

「當然啦，我也知道，你是大教授的女兒，我只是農民之子。你媽不是認為我們門不當戶不對嗎？」

聽了這話，怡君後悔從前把媽媽的這句話告訴他了，不想如今成了他的話柄，遂道：「你幹麼算這些舊帳？要算，我也可以說你媽嫌我，你爸恨我！」

「你這是胡扯！他們不過不喜歡外省人而已！」

「外省人又怎樣？外省人有哪樣不如人？」

「沒說不如人！只是過去外省人太欺侮人，現在是藍綠不同營！」

怡君冷笑道：「我知道了，不管我多麼努力，你仍然把我看成異類！」

「是我在努力，努力說服我的家人，改變他們的看法。我不知你努力過什麼？」

「眞好笑！你居然說不知我努力過什麼？上回大選的時候，我不是跟著你投公投？跟著你選阿扁？你知道我父母是很不贊成的！」

「你又沒向我亮票，我知道你投的是誰？」

「好好好！你居然說這樣的話！算我瞎了眼！」眼淚在怡君的眼裡轉呀轉地流了下來。兩人都不作聲了。沉默的空氣似有千鈞的重量壓得人透不過氣來，炳雄首先站起身來，把門一摔，出去了。

剩下怡君呆呆地坐在那裡，腦裡似乎是一片空白，眼前也似乎是朦朧一片，不知過了多少時間，才重新看到自己居身的這間房，因空調而密閉的玻璃窗和窗外椰子樹如蓬髮的葉片。兩個人的生活想不到竟是如此的困難！一個人似乎永遠無法體會另一個人的感受。愛一個人，就該完全放棄自己的感受嗎？在對方並沒有以同等的體貼來呼應你的感受的時候，你還能保留多少自己？一個不再有自己的人，豈不成了別人的一個黯淡的影子？對，我不要去住那樣的房子，我無法適應那種叫我終日忐忑不安的環境！而況，如果對方一步步地都在踩痛你的腳，使你無所逃避，你生活的前境只有在呼痛中度過，不是也終將陷入玉婷的前轍中，一日日，一月月，一年年，永不得脫身的煎熬……難道我竟是這麼一個輕賤不值人珍惜的人嗎？這一切竟都是我自己把自己套進去的一種牢籠！我要怎麼辦才好呢？她站起身來，從衣櫥裡拿出一隻旅行袋，機械地收進幾件換洗的衣物，就走出成大的教職員單身宿舍。

怡君回到娘家的時候，蘇家正在吃晚飯。蘇太太一見是女兒回來，急忙高興地給女兒盛飯：「君君呀，你怎麼回來了?也不先打個電話來!」

「你媽呀，」蘇教授接道：「每天都做一大鍋飯，跟過去我們仨的時候一樣，隨時都在準備你回家吃飯。」

怡君放下旅行袋，馬上坐上飯桌。蘇太太夾一隻紅燒雞腿放在怡君碗裡說：「你看這是你喜歡吃的，你爸也喜歡。」

「你看你，」蘇教授說：「君君結婚後不是開始吃素了嗎?」

「沒有，沒吃素，還跟過去一樣。」怡君說著淚水在眼內轉呀轉地噗嗒落在飯碗裡。

「君君，你怎麼了?」蘇教授停下筷子。

怡君低下頭，一手掩著面孔：「我想回家來住幾天。」

蘇教授與蘇太太交換一下眼神，又舉起筷子說：「吃飯!吃飯!」

二〇〇四年九月二十日

〔附錄二〕

從天涯到台南

——年輕小說家賴香吟專訪「賢拜」小說家馬森

賴香吟

一九八七年的夏天，在結束了長達二十餘年的國外遷徙生活之後，馬森接下了國立成功大學中文系的聘書，按道理，八月該是去上任的時間了。馬森正在打算著怎麼去台南，《聯合文學》發行人張寶琴對他說：我們正要到成大辦個文藝營，你就來幫我們做個專題演講吧，我們有車，連人帶行李，送你下去。馬森想這倒也方便。因此，那一年聯合文學文藝營，開幕式過後的專題演講，馬森就站在台上講現代小說。那是我第一次見到馬森，也是我熟讀《孤絕》、《夜遊》以及《海鷗》這幾本小說的青春時期。那個夏天之後，馬森落腳台南，悠悠十來年，而我則考上外地的大學，毫不猶豫離開了台南。

二〇〇四年第一天，我穿進巷子，找到馬森位於台南開元寺旁的住家。在按下門鈴之前，不免躊躇片刻。過去不是沒有機會認識馬森，但卻習慣保持距離。這是爲什麼呢？馬森未必神祕，在同年代的文友圈裡，他顯得優雅明朗，在年輕學生眼中，他和善可親。但也可能就是因爲這些形象，節制而禮貌地區隔了我心中關於馬森的印象；我很少與人提及我讀馬森小說如何如何，且等自己不免也開始寫起小說之後，更是避免與舊日熟讀的作者作品，素面相見。沒想到就在我回到台南的初始，巧合被派來採訪馬森。十六年的時間，掐指算過，幾秒鐘而已。

宜蘭佛光大學在二〇〇二年爲馬森辦了一場「馬森作品學術研討會」，並爲他慶賀七十大壽。這個數字讓許多人乍聽之下吃了一驚。我印象中的馬森，始終是五十幾歲的學者姿態，和我那幾本讀舊了的小說集，一起留在台南老家的書架上；當時我把馬森的小說與朱天心、蘇偉貞等年輕作品一起捧讀。時隔多年，我在他家屋內，看到許多舊日的文學選集，看到亮軒給他寫的字墨，看到龍應台一九八五年題字贈書的《龍應台評小說》。他的開場白是，他第一次來到台南，是一九五五年的事情。那時候的台南印象是，這城市眞小。說到這裡，他問我，那時候妳在台南嗎？我忍不住笑，這離我出生的一九六九年還有好大一段差距。後來馬森又提到，一九七〇年代初，《中國時報》高信疆寫信來邀他寫稿的時候，大約把他想像成長輩，信中文白夾雜，用了頗多敬語，而龔鵬程寫文章也說讀馬森早年著作《莊子書錄》，以爲他是竺心舊學的老先生。

這些錯雜的印象，反映不同世代對馬森的陌生。馬森出現在台灣文壇的時間，說來不太秩序，每個時期，他且扮演不盡相同的角色：搞戲劇的學生、有條有理的方塊評論家、現代主義小說作者、大學教授。這使得他的讀者區分成好幾個群落，且讀者與讀者之間未必有交集；年長的文化人跟他有上一代的風雅交情，昔日文藝青年案頭上多半有幾本他的小說，而再年輕點的，後來做了他的學生，跟他生活噓寒問暖。

※

我是一九三二年出生的，那時北伐之後有一段繁榮的和平日子，在我印象裡邊，五歲以前，日子非常好過。不過七七事變，一打仗，我們那地方很快被佔領了，日本人沿著河北山東，很快就下來。因此，打從五歲起，我可說進入日據時期，受日本教育，學校裡頭有日本教官，學日文，一天兩個鐘頭，很重的課，就跟國文作文課一樣重。

這是馬森自己的話。地點是山東齊河，他的出生故鄉，時間是一九三七年到一九四五年，馬森五歲到十三歲。好不容易戰爭過去了，勝利了，可是緊跟著國共內戰，東逃西逃，又四年。

經你這樣一問，我才發現自己的確跨越了好幾種時代。當年我經過幾次解放，可以說跟著解放跑。那時候，我們很怕共產黨，因爲聽多了鬥爭清算解放這些手段。我父親是在國民政府裡做事的。一家人往濟南跑。在濟南買了間小房子，預備住下來，我也在濟南上學，可是才過幾年，濟南就解放了。先是共軍砲火把我們房子打垮，佔了周邊，第二天，國軍來打共軍，我們又變成轟炸目標。我母親便要我們往外逃，她留在家裡守著。我和一些叔舅逃出來，也沒來得及告訴母親，便臨時決定去北京找我父親。從濟南走到北京，走了一個星期，好幾千里。

在北京又繼續上學。後來國共和談，父親先去青島。幾個月後，他派了一個親戚，回到北京來接我。一九四九年的春天我離開北京，到青島會合父親和表哥，往上海，然後坐船到台灣。在基隆下的船。

我追問：母親沒能一起出來？

他說：沒有。那是後來。很晚以後的事了。

於是，馬森來台的時候，已經是個十六、七歲的少年了。很快又離開了同來的父親，輾轉念淡水中學、宜蘭中學；學校裡大陸學生不多，幾個人克難住校，課堂上老師說的多半是日語或台語，聽不懂。

馬森的青少年生涯，幾乎可作爲一個分析戰爭與政治動盪的豐富取樣。可是他對這段經歷，之前吐露不多。那是一段不得不流離的啓蒙歲月。六年中學，換了七、八個學校，長期沒有跟家人在一起。我以爲他可能從這段生涯說出什麼苦澀的故事來，孰料他卻一語輕輕帶過：「這樣也好，比較獨立。」

然而這個少年並非原來就是堅強的孩子。作爲家中唯一的獨子，父親不在，抗戰去了，他很依賴母親，很內向，母親也保護得緊。他提到，大概是四、五歲的時候，才第一次踏出家裡院子，到外面街上去：「在門口碰到一個小孩，跟我說了許多不好的話，罵我的意思，我馬上就哭回來了，怎麼外面世界這麼恐怖？」

母親不許他游泳，不許他跟野孩子混在一起，她總說：你身體沒他們好。那時他又瘦又小，放學走在路上，老師還怕一陣風就把他吹跑了。他不服氣想要鍛鍊身體，想要壯大，住在濟南的時候，晚上摸黑跑到護城河去學游泳，誰想水又冷又涼，一下子就感冒了。

他眞正學會游泳，是在台灣的淡水。「那時候沙崙海濱很乾淨，在海裡邊很簡單就學會游泳了。後來就經常去游，身體也隨之長高長壯；長得比父母都高大了。」

※

這個內向的孩子，有一個話不多、喜歡看些章回小說打發時間的母親。她也經常給獨子講故事，有些可能是她的生活經歷，有些也可能是她添油加醋，總之，馬森很愛聽她講故事，有些很神奇的地方，甚至有點魔幻寫實的味道。馬森在七十歲年紀回憶這些久遠的兒時往事，記憶仍然非常清晰，他說到打開父親書箱的經過：

小學四五年級，父親不在家呀，我發現屋子裡邊有一間房，書箱是父親留下來的，但是大概沒有人翻動過，我就把它打開，裡邊有好多書，有魯迅，有巴金，有茅盾，有沈從文，還有莎士比亞劇本的翻譯，《羅密歐與茱麗葉》，我很早讀的，還有安徒生童話集什麼的，那大概是我父親上學時喜歡所以收集來的。他去抗戰，書就留在家裡。那時候翻了魯迅，似懂非懂，但是巴金倒容易看，是些愛情故事。

如此讀了不少二、三〇年代的中國新文學。在濟南、北京念中學的時候，馬森比較明顯地喜歡兩個作家，一個老舍，一個曹禺；一個小說，一個戲劇。轉到台灣宜蘭中學之後，馬森開始給報紙投稿，大抵寫些詩與散文；師大國文系時期，《中央日報》更時常可見他的文章。然而，比起有些作家很早即清楚立志要當一個作家，馬森並沒有那樣的想法，也沒有特別計畫。當時他只是個喜歡讀寫實主義小說，尤其喜歡屠格涅夫的年輕人。生活裡多數時間，他其實更熱中於學校裡和李行、劉塞雲、白景瑞等人的戲劇演出，他甚至去參加了一個演員訓練班。如果眞要找出開始寫小說的往事來，他是這樣說的：

我想我開始寫小說，應該是一個文學獎的關係。一個紀念國父誕辰的大專生文藝創作比賽，第一次辦，是由學校訓導處把我們的文章匯了去，送到徵文處。最後一天，訓導長來宿舍問我怎麼沒有寫，因爲他知道我常在報上登文章，他說我應該寫一篇，我說那什麼時候交稿呢？今天下午。那怎麼來得及？他說，你現在就開始寫。那是早上十點多的事。我寫到下午三四點鐘，寫好了。那篇文章後來得了首獎，當時詩組得獎的好像就是余光中。因爲第一次辦，記者還來訪問，報上也登得很大，還拍了畫面，不過那時候還沒有電視，是放在電影預告前面的新聞片播放的。記者問我，你是不是將來就預備寫小說了，我說，沒有這樣想法，不過，這倒也給我丟了個問題。那是第一次寫。

那是一九五二年左右的事情。之後，馬森的確在小說上作了一些嘗試，但是沒有完整發表的作品。成績不斷的還是戲劇。他就像他自己所形容：「剛開始可能是強迫自己，後來就演出興趣來了。欲罷不能。上癮似地。」一九五四年，馬森從師大國文系畢業，當兵走過他與台南的第一次淵源之後，回到師大念研究所，作《世說新語》研究，同時在師大國語中心兼任講師，接觸不少外國學生，其中與一位比利時修女學法文的經驗，以及那年剛來台徵選的法國政府獎學金，聯繫了他去巴黎的因緣。

※

對比早期少談的戰爭流離生活，馬森在巴黎之後的國外遷徙歲月，透過文學作品，透過每本書末的著作資料，反而較爲一般讀者熟悉。他前後在巴黎待了七年，學語言，習電影，念漢學，同時和一些留學生創辦了在當時頗具影響力的《歐洲雜誌》。日後將近二十年光陰，馬森始終沒有回過台灣。《生活在瓶中》主人翁對藝術前途的不確定，對國家身分的茫然，某一程度代言彼時他在巴黎的生活。時隔三十幾年，他還能毫無遲疑立刻說出《生活在瓶中》的命題：

像一朵花插到瓶裡，水沒有了就是沒有了，它沒有根嘛，無根的生活。那時候我深深感覺到失土失根的痛苦。畢竟從中國到台灣的這些流離，並沒有眞正地離開根和土。即便台灣也還是根和土。我的根土，指的是廣義的文化。而到巴黎就是眞正離開了……。

一九六七年，他千辛萬苦把母親從大陸接到了巴黎，可同時，他又收下了來自墨西哥學院東方研究所的聘書。分離二十年的母親在療養院養身體，說得很無助：「你人去了，我在這兒怎麼辦呢？」結果他仍然決定一個人先去。在巴黎已經成家立業的他，生命有點蠢蠢欲動，想要擺脫壓抑，試著冒險，他說：「不管了，我還年輕，不需要太大的保障，有這一年合約就可以去了。」在墨西哥陌生的旅宿裡，他提起筆來，寫出了後來收進《馬森獨幕劇集》的第一個劇本。

馬森曾將墨西哥的六年生活，形容爲「急流中的湖泊」。他幾乎是在這裡踏進他文學創作的第一座山谷茂林。他的妻子、孩子與母親，在六個月之後，也來到墨西哥定居。在有僕人有親人的家庭生活，以及墨西哥風情殊異的文化刺激之下，他在這個湖泊，寫成了《生活在瓶中》，此外有《馬森獨幕劇集》以及《北京的故事》。在這之前，除了一系列由眞實材料剪編而成的《法國社會素描》（後易名《巴黎的故事》）之外，可以說，馬森還不曾如此專心致意在文學的領域裡耕耘過。這其間不能不提的人物是，當時在台北主編《大眾日報》副刊的金溟若先生，他不僅邀約催促馬森寫作獨幕劇，且爲其量身製作了大版面的戲劇專刊，其後，《生活在瓶中》也是在《大眾日報》副刊發表的。

這些作品，以馬森自己在一九八四年爲《北京的故事》作序所言：是所謂「經歷心理革命稍前的作品」。他對這一時期的作品，有這樣的自評：「我扮演的是一個批評者的角色，而不是一個參與者的角色。我時常運用了魯迅式的嘲諷，卻缺乏更深一層的同情與悲憫。」

然而，這心理革命指的是什麼呢？

※

「《生活在瓶中》，可以某一程度代言您在巴黎的生活嗎？」我問馬森。

「某一程度是可以的。」他先是這樣回答，接著，又說：「然而我又是非常喜歡巴黎的。《生活在瓶中》只是某一個面向的感受，消沉的面向。許多時候，我是很能享受巴黎的歡樂文化氣氛的。」

類似的兩面或多面陳述，後來不斷出現在我們的談話裡。剛開始，我不免以為這是一種迴避或稀釋問題的方式。關於馬森，我向來只是一個偏食其小說，不完全的讀者。但因為這次訪談，比較全面讀過他的劇本、散文與文學評論之後，不僅沒有呈現出一個更完整的馬森，相反地，我由小說所讀到的馬森形象，不時與其他文體的馬森構成矛盾費解之處。於是，我對他提出的問題，總不免站在小說讀者的立場，預設其生活與個性可能較貼近於小說的描寫，也不免追問：明朗、樂觀的評論口吻，冷靜、深刻的戲劇安排，濃鬱、熱情的小說人物；究竟哪一面形象，才比較接近內在的他？

然而，他往往不會給我一個肯定，卻也絕非否定的回答。他的說話，有條有理，避免任何抽象的描述，看似開誠布公，十分坦然，然則，幾句話便輕輕鬆鬆繞過了不明的核心，直接到達簡明而不偏不倚的結論。

一個創作的人總是很複雜的。個性裡總有幾個傾向，一個是我，另一個也是我。我可以告訴妳，我的哲學是悲觀主義，但我在生活上抱著樂觀主義。這並不相違背，一個悲觀，一個樂觀，在我來說，是很統一的東西。

妳要是問問我太太的意見，她會說，我這個人就是喜歡熱鬧，沒有電話就不能生活，我是絕不會把電話拔掉的，因爲我需要朋友。

我們都笑了。他這些話的口吻，當場聽起來並無敷衍之意。在進行過幾回合的問答之後，我不得不試著修正我的印象，眼前這個自我介紹是B血型天秤座的馬森，似乎眞的不受各種個性的矛盾衝突所擾，糾葛在小說裡那些飽受生命往事與熱情所惱的角色們，好像一批馴良豢養的獸，唯有在創作之際才會放肆各尋出口。

其餘的時間，他是個理性而穩定的人，「每天可以保持在差不多的狀態，沒有什麼高潮低潮。」關於個性，他經常使用「個人自覺」這四個字：覺察到了弱點或欠缺，便通過後天的訓練去改變。他提到兒時正是因爲自覺過於內向，口齒不清楚，不會表達自己，所以才硬著頭皮報名參加演講，而後還把自己推到了舞台上，通過劇中的人物來盡情表現自己。

※

馬森的墨西哥生活結束於一九七二年。他決定到加拿大去重做學生，同時把母親送回台灣定居。也是在這一年，他在香港出版他的第一本書《法國社會素描》，同時，應高信疆邀稿，開始在《中國時報》寫稿。在好幾篇陸續發表的短篇小說當中，一篇題爲〈癌症患者〉的作品，先後被高信疆、朱西甯收入《當代中國小說大展》、《中國現代文學年選》而受矚目。

我的癌症不是肉體上的，可是我清清楚楚地感覺到有些地方不對勁兒。有些地方的先天組織破壞了，毒化了。這毒又慢慢地向著別的地方蔓延。終於有一天我會整個地潰掉。

這篇以癌來譬喻思想心疾的小說，後來收在《海鷗》的第一篇。這本小說雖然晚至一九八四年才出版，但其中許多篇章和《孤絕》都差不多寫就於一九七〇年末期，兩本短篇小說集明顯含有現代主義的成分。馬森創造的「孤絕」一詞，成爲他小說風格的一個標記，也轉成詮釋現代主義的好用詞彙。這麼多年過去，馬森談到現代主義，有一種沉澱後依舊肯定的態度：

> 我到西方去有一些轉變，一是我比較了解基督教，研究了死亡與贖罪的問題，二，我也比較了解西方人的思想，現代資本主義的情境。此外，幾個對我影響很大的東西，一是佛洛依德的心理學，它是讓我認識人性的一個工具，一個路向。另一個就是存在主義；存在主義的一些說法，跟其他說法比起來，我還是覺得它是比較接近眞理的一個東西，比較看到人生眞相的，比基督教，比儒家、道家，都接近人生的眞相。存在主義的確是很悲觀，的確是把人生看得很沒有意義，我基本上贊成人生是沒有意義的，沒有一個歸向，說起來，人活著沒有一個價值、意義，但是你實在也必須自己給人生產生一個價值，製造一個意義。

這時期發表的短篇小說，在形式與結構，馬森有意識作了不少實驗與表演；這是一個亮眼的登場，小說家馬森的形象很快確立。這距離當初大學時代記者問他是否打算當一名小說家，已經過了二十餘載。

明眼讀者想必都注意到這一波小說創作的高峰。雖然在創作時間上緊接著墨西哥時期，但這次馬森走進的山谷茂林卻是全然不同的景色。這一時期的小說，雖然在色調上經常是灰暗的，但這灰暗往往正是生命燃燒所造成的光影所致，這些小說，對於生命的野性與激情，保持著一種寬容與理解，甚至是歌頌的態度。馬森在獨幕劇力守的節制與均衡，此時似乎張散開來，任憑角色與情節湧入。特別是他拿到博士學位，又從學生變回教授之後所寫作的長篇小說《夜遊》，其中許多角色，都不是可用常理眼光來看待的，但馬森對各種人物的理解與描寫，卻有情而動人。

爲什麼會有這樣的轉變？這是個大謎題。馬森經常的回答是重作學生，心理上有二度青春的自由感覺。再者，加拿大這個國家的開放性，也讓他的生活圈裡的確出現不少率性冒險的人物。此外，馬森與我提到他的前妻安妮，她是個比較容易信任別人，敢於開放，然而情緒也相對起落分明的女子，馬森透過她，看到了中國文化加在自己的束縛與拘謹，他覺得應該改變自己。馬森與安妮最終以分居收場，他對這場婚姻的自我檢討、內在苦澀，說來也是創作《夜遊》的背景之一。

從加拿大之後，我想，我沒有再回頭，也就是說，沒有再變成一個保守的人，我覺得在我生命歷程裡邊，加拿大是一個關鍵性的時期，一個關鍵性的階段，在那以前，我是非常學院派的人，學院派的意思指的是：當學生，教書，上班，照顧家庭；非常傳統的一個人，不會越出這個規矩，甚至也不會特別同情規矩外的人，而是帶一點批判眼光看他們。可是，從加拿大之後徹底改變了，我完全能接近這樣子的人，雖然我沒有變成這樣子的人，但是我理解這樣子的人。

這段話，對照他一九七六年，身處溫哥華，爲《馬森獨幕劇集》一書所寫的序：

到了加拿大以後，不管在研究寫作上，還是在生活上，都發生了巨大的變化。我變成了一個與前大不相同的人。我好像重新獲得了一次生命，又投入了生活的急流中，無暇休歇了。從此開始了我生命中另一個截然不同的階段。

兩段話都點出了分水嶺的意思。馬森甚至十分清楚地說：「如果我沒有去加拿大，就不會有《孤絕》與《夜遊》那些小說。」然而，更具體的往事經緯，他沒有說得更多。

※

《夜遊》寫好之後，馬森把稿子寄給白先勇看，白看了《夜遊》之後，非常激動，寫了好幾封信給馬森，也提了意見。《夜遊》於是就在復刊的《現代文學》上連載。這樣一篇有關嬉皮、吸毒、性別的小說，在當時還不常見。一九八四年，《夜遊》出單行本，市場反應出乎意料的好，據說接連在爾雅銷了二十版，還有人提過要拍電影。

我就是在這個時候讀到馬森的。馬森加入（或說是重返）台灣文壇的時間這樣晚，以至於年輕讀者不會察覺這作者其實已經年過五十。他的文學，往前一點，沒被來得及納入留學生文學或現代文學的討論裡，往後一點，又離後來發展的都市文學、同志文學還有距離。他在溫哥華時期所寫的幾本小說，彷彿不按排序亮起的幾顆明星，獨自閃爍在八〇年代中期的台灣文學天空裡。

現實生活的馬森，這時已經隻身離開加拿大，轉到倫敦教書。一九八〇年，睽違二十年，他第一次回台灣，覺得台灣政治氣氛漸漸在改變之中。一九八三年，他應姚一葦之邀，在藝術學院新成立的戲劇系客座教書。這一年，眞是把他忙透了，又導戲，又看小說獎決審，同時在報紙寫專欄。

說來龍應台寫「野火集」其實是我介紹的。那時我每周在《時報》寫兩個專欄，「東西看」和「述古道今」，一個用牧者的筆名，一個用筆名文也白，經常接到讀者來信罵人。認識龍應台之後，我覺得她在《新書月刊》寫的書評非常犀利，應該寫專欄，就給她介紹金恆煒，我說我已經寫了兩年，該換個新人來寫。我的最後一篇文章緊接著龍應台的第一篇，我還在文章裡寫著：現在接著有龍應台的「野火集」，我就下台一鞠躬之類的句子。結果這「野火集」一上台，就燒起來了。

因爲《夜遊》、《孤絕》暢銷所帶來的熱鬧生活，對馬森而言，也許是一波所謂「生活的急流」。但無論如何，與藝文界朋友如張曉風、隱地、席慕蓉、蔣勳等人的交誼很使愛熱鬧的他感到愉快。他提到，對比冷漠的英倫生活，台北似乎是通過朋友們熱情的臂膀在歡迎著他。他終於起了回台定居的念頭。

一，失土失根的感覺漸漸讓我覺得倫敦待不下去了，我對英國印象並不挺好，英國人冷，不容易交朋友。二，天氣不好，冬天陰沉沉的，讓人心情老不愉快。那幾年經常回來，覺得台灣情形改變了，跟以前兩蔣時代不太一樣；我眞正回來是一九八七年，解放報禁那一年。再說，也是父母年紀大了。母親原來住在豐原，我回來後接到台南住。我母親是在這間屋子裡去世的。

※

時間，地點，倒回台南。這一場閱讀時空的迷走，大致理出了頭緒。

我繞著馬森的人生打轉，除了是想澄清自己腦中馬森錯雜的形象，同時也想從他的口中聽到更多關於小說的背景往事。然而，沒有，沒有太多。彷彿一片落葉，在時間壓過之後，只留下了枝梗。馬森笑說，他幾乎也不太讀從前的小說了。我不得不面臨到，對年老作家的訪談，通常跳不出文學史料的框框：何時何地發生了何事，除此之外，多半是雲淡風清的回答。

我們提議去馬森新作小說出現的開元寺走走。

一生遷徙：齊河，濟南，北京。淡水，蘇澳，宜蘭，台北，大甲。巴黎，墨西哥，溫哥華，倫敦。台南恐怕是馬森住得最久的城市。

他當初選擇來台南，部分原因就是因爲它小鎮的安靜，離台北核心的繁忙遠一點。這麼多年下來，台南的確像一塊柔軟的海綿，靜靜吸納了十幾年的光陰。馬森在成大中文系待到退休。《M的旅程》是他在台南所創作的唯一一本小說集，九個寓言幻境短篇，思索的仍是之前小說的主題：傳統與家族倫理的羈絆，自我認同，理想與夢的追尋，只不過，我們終究在這裡微微告別了青年馬森，儘管主人翁M仍然像極了一抹單薄孤獨的現代主義影子。這本書沒有創造如《夜遊》、《孤絕》那樣熱烈的銷售數字，可卻是馬森極爲鍾愛的系列作品。

今年（二〇〇三）夏天，我和家人到溫哥華去，我帶了一台手提電腦，溫哥華沒別的事，就起了寫小說，寫台南的小說的念頭。府城的故事，當中有好幾篇是今年夏天在溫哥華寫的。

巴黎的故事，當時候寫，有一點用人類學的角度來寫，有很多人是眞實的，有很多事也是眞實的，我只是稍微改一下，使之有文學的味道。至於北京的故事，則完全是寓言。而府城的故事，既不是記實，也不是寓言的。

我的目的並不是要寫府城的歷史。但也可能關涉到一些。現今台北是愈往國際化走了，府城則留了一些台灣的原貌。我想一面寫府城，一面研究府城。這個系列故事，有些還沒寫出來。

我又回到台南，因緣際會讀到了馬森這一系列小說。一些發生在府城的人的故事。我在這幾篇小說，讀到了老境。

這幾年，似乎整個一代人都在體驗「父親」的逝去，生命的無常與老境，對我們來說，漸漸顯出它的奧妙來。年長作家的書寫變得可貴，工整手稿，三言兩語，往往有令人難以勝受的功力。

馬森是一個少見以電腦寫作的文學前輩；他總是有些使人驚奇的地方。我跟著學生輩稱呼他為馬老師，多少將我對馬森的印象拉回現實，加上寫作生涯的梳理定位，我比較看得清楚，那個佇立在《孤絕》、《海鷗》書後的作者，確確然走到了人生的老境與歸鄉。馬森其實已經稱得上是個健談的人，可他的小說說的往往比他口中說出來的又更多一些，具有血肉的肌理。

如今馬森說他經常忘記眼前的事情，但許多年代久遠的回憶，卻歷歷分明。

對比與他同代的作家，由村野與家族入手，寫作大時代下的戰爭與人生故事，小說家馬森一開筆就直接跳到現代的疏離情境。他的童少生涯，他笑稱的日據時期生活，因而像過早曝光的底片，沒有現出具體可辨的影像。幸好，他透露，他正寫著一系列母親在濟南的故事；這的確是馬森文學的重要人物。以及，一九四九年夏天，那個十六歲少年，留下家鄉的母親，從北京到上海，登上船，在基隆港上了岸。那雙少年的眼睛所錄下的世界，以及他在這南方島嶼的流離青春，應該也是一片還沒有爬梳開來的厚土吧。

二〇〇四年一月

〔附錄二〕

府城文學獎特殊貢獻獎得獎感言

不算民國四十四年在台南砲校接受預備軍官訓練的半年，返國後在成功大學執教以來轉眼已過了十五個年頭。在成大退休後，也沒作返回過去居住最久的首府台北的打算，主要因爲還是比較喜歡住在歷史悠久、名勝最多的府城。這裡氣候好，人文的氣氛也不錯，又可遠離大都會的市囂與人事煩擾。這些年來在府城的生活的確比過去在台北的經驗要安靜許多。

住在府城與該不該獲得府城文學獎的特殊貢獻獎自然是兩回事。我雖然也出版過一些文學創作及評論的書籍，十五年來也經常參與台南以及台南以外的文學與戲劇的活動，但說到貢獻，自己卻說不出來。至於「特殊」兩字，更令人心驚，實在不敢擔當，而且同樣住在府城而對文學眞有特殊貢獻的人恐怕應該是有的。因此我覺得自己的獲獎主要出於推薦的朋友以及全體評審委員的厚愛或錯愛，在此只有衷心地感謝。

這個獎除了榮譽之外，也有一筆實質的獎金，我將予以保留，作爲成功大學中文系鳳凰樹文學獎「創意獎」的獎金之用。

二○○二年十月十二日於府城

〔附錄二〕

馬森作品出版年表

小說

《巴黎的故事》

台北：寰宇出版社，一九七〇年（收錄其中四篇小說，原爲馬森、李歐梵合著《康橋踏尋徐志摩的蹤徑》）

香港：大學生活社，一九七二年十月（原書名爲《法國社會素描》）

台北：爾雅出版社，一九八七年十月

台南：文化生活新知出版社，一九九二年二月

台北：印刻出版公司，二〇〇六年四月

《生活在瓶中》

台北：四季出版社，一九七八年四月

台北：爾雅出版社，一九八四年十一月

台北：印刻出版公司，二〇〇六年四月

《孤絕》

台北：聯經出版公司，一九七九年九月

北京：人民文學，一九九二年二月（加收《生活在瓶中》）

《夜遊》 台北：麥田出版社，二〇〇〇年八月
台北：爾雅出版社，一九八四年一月
台南：文化生活新知出版社，一九九二年九月
台北：九歌出版社，二〇〇〇年十二月
台北：九歌出版社，二〇〇四年七月

《北京的故事》 台北：時報出版公司，一九八四年五月
台北：時報出版公司，一九九四年四月（紅小說二十七）

《海鷗》 台北：爾雅出版社，一九八四年五月

《M的旅程》 台北：時報出版公司，一九九四年三月（紅小說二十六）

《府城的故事》 台北：印刻出版公司，二〇〇八年五月

戲劇

《腳色：馬森獨幕劇集》 台北：聯經出版公司，一九七八年（原書名爲《馬森獨幕劇集》）
台北：聯經出版公司，一九八七年
台北：書林出版公司，一九九六年

《我們都是金光黨／美麗華酒女救風塵》 台北：書林出版公司，一九九七年

散文

《愛的學習》
台北：爾雅出版社，一九八六年九月，（原書名為《在樹林裡放風箏》）
台南：文化生活新知出版社，一九九一年三月

《墨西哥憶往》
台北：圓神出版社，一九八七年八月
香港：盲人協會，一九八八年（盲人點字書及錄音帶）

《大陸啊！我的困惑》
台北：聯經出版公司，一九八八年七月

《追尋時光的根》
台北：九歌出版社，一九九九年五月

《東亞的泥土與歐洲的天空》
台北：聯合文學出版社，二〇〇六年九月

《維城四紀》
台北：聯合文學出版社，二〇〇七年三月

論述

《馬森戲劇論集》
台北：爾雅出版社，一九八五年九月

《文化・社會・生活：馬森文論一集》
台北：圓神出版社，一九八六年一月

《東西看：馬森文論二集》
台北：圓神出版社，一九八六年九月

《電影・中國・夢》
台北：時報出版公司，一九八七年六月

《中國民主政制的前途：馬森文論三集》台北：圓神出版社，一九八八年七月

《繭式文化與文化突破：馬森文論四集》台北：聯經出版公司，一九九〇年一月

《當代戲劇》台北：時報出版公司，一九九一年四月

《中國現代戲劇的兩度西潮》台南：文化生活新知出版社，一九九一年七月

《東方戲劇．西方戲劇》台南：文化生活新知出版社，一九九二年九月

《西潮下的中國現代戲劇》台北：書林出版公司，一九九四年十月

《燦爛的星空——現當代小說的主潮》台北：聯合文學出版社，一九九七年十一月

《二十世紀中國新文學史》（與友人合著）板橋：駱駝出版社，一九九九年八月

《戲劇——造夢的藝術：馬森文論五集》台北：麥田出版社，二〇〇〇年十一月

《文學的魅惑：馬森文論六集》台北：麥田出版社，二〇〇二年四月

《台灣戲劇：從現代到後現代》宜蘭：佛光人文社會學院，二〇〇二年六月

《中國現代戲劇的兩度西潮》（修訂版）台北：聯合文學出版社，二〇〇六年十二月

合集

《馬森作品選集》台南：台南市立文化中心，一九九五年四月

〔附錄四〕馬森著作年表

一九五八　〈莊子書錄〉台灣師範大學國文研究所集刊第二期，頁二四三—三二六。

一九五九　〈世說新語研究〉（論文）國立台灣師範大學國研所。

一九六三　*L'industrie cinémathographique chinoise après la seconde guerre mondiale*（論文）Institut des Hautes Études Cinémathographiques, Paris.

一九六五　"Évolution des charactères, chinois", *Sang Neuf* (Les Cahiers de l'Ecole Alsacienne, Paris), No. 11, pp. 21-24.

一九六八　"Lu Xun, iniciador de la literatura china moderna", *Estudios Orientales*, El Colegio de Mexico, Vol. Ⅲ, No. 3, pp. 255-274.

一九七〇　〈在巴黎的一個中國工人〉、〈法國的小農生活〉、〈保羅與佛昂淑娃絲〉、〈安娜的夢〉（社會素描）收入《康橋踏尋徐志摩的踪徑》台北寰宇出版社，頁四八—一〇二。

"Mao Tse-tung y la literatura: teoria y practica", *Estudios Orientales*, Vol. V. No. 1, pp. 20-37.

一九七一 *La casa de los Liu y otros cuentos*（老舍短篇小說西譯選編）El Colegio de Mexico, Mexic, 125p.

"La literatura china moderna y la revolucion", *Revista de Universitad de Mexico*, Vol. XXXVI, No. 1, pp.15-24.

"Problems in Teaching Chinese at El Celegio de Mexico", *Journal of the Chinese Language Teachers Association in North America*, Vol. VI, No. 1, pp.23-29.

〈論老舍的小說〉《明報月刊》第六卷第八期，頁三六—四三；第九期，頁七七—八四。

一九七二 《法國社會素描》香港大學生活社，一四六頁。

《兩個世界、兩種文化》（評論）收入《風雨故人》台北晨鐘出版社，頁八七—九〇。

一九七五 〈癌症患者〉（短篇小說）收入高信疆編《當代中國小說大展》（第二輯）台北時報出版公司，頁三五三—三七九。

一九七六 〈癌症患者〉收入朱西甯編《中國現代文學年選》台北巨人出版社，頁一〇〇—一一七。

一九七七 *The Rural People's Communes 1958-1965: A Model of Social and Economic Development*（博士論文）University of British Columbia, Vancouver, Canada.

一九七八 《馬森獨幕劇集》台北聯經出版事業公司，二二五頁。

《生活在瓶中》（長篇小說）台北四季出版公司，二九六頁。

〈序王敬羲等著《香港億萬富豪列傳》〉香港文藝書屋，頁一—七。

一九七九 《孤絕》（短篇小說集）台北聯經出版事業公司，二〇〇頁。

一九八〇 〈康教授的囚室〉（短篇小說）收入《小說工作坊》台北聯合報社，頁四一—六一。

〈聖者、盜徒讓．惹奈(Jean Genet)〉《幼獅文藝．法國文學專號》第三二四期，民國六十九年二月，頁八一—九一。

〈滑稽，還是無言之詩——馬歇．馬叟（Marcel Marceau）的啞劇藝術〉《幼獅文藝．戲劇專號》第三二四期，民國六十九年十二月，頁一五九—一七一。

一九八一 〈康教授的囚室〉收入《聯副卅年文學大系》（小說卷6）台北聯合報社，頁四一—六一。

一九八二 〈話劇的既往與未來——從《荷珠新配》談起〉（評論）收入《蘭陵劇坊的初步實驗》台北遠流出版公司，頁八九—一〇〇。

〈隱藏在本土的一塊美玉——論七等生的小說〉《時報雜誌》第一四三期，民國七十一年八月二十九日，頁五三—五五；第一四四期，民國七十一年九月五日，頁五三—五四。

一九八三 〈孤絕〉、〈康教授的囚室〉收入《台灣小說選講》（下）上海復旦大學出版社，頁三六三—三九二。

〈等待來信〉（短篇小說）收入李黎主編《海外華人作家小說選》香港三聯書店，頁二一〇—二一九。

一九八四

《夜遊》（長篇小說）台北爾雅出版社，三六三頁。

〈尋夢者〉（短篇小說）收入李喬主編《七十二年短篇小說選》台北爾雅出版社，頁二六一—二六九。

《北京的故事》（短篇寓言）台北時報出版公司，三○九頁。

《海鷗》（短篇小說集）台北爾雅出版社，一九六頁。

《生活在瓶中》（新版）台北爾雅出版社，二二一頁。

〈記大英圖書館〉（報導）收入《大書坊》台北聯合報社，頁一五一—一五七。

〈序隱地《心的掙扎》〉台北爾雅出版社，頁七—一○。

一九八五

《七十三年短篇小說選》（編評）台北爾雅出版社，二七八頁。

〈中國現代小說與戲劇中的「擬寫實主義」〉《新書月刊》第十九期，民國七十四年四月，頁一四—二○。

《馬森戲劇論集》台北爾雅出版社，三七九頁。

一九八六

《文化・社會・生活》（馬森文論一集）台北圓神出版社，二二九頁。

〈電影對小說的影響——評《小鎮醫生的愛情》〉（評論）《聯合文學》第十五期，民國七十五年一月，頁一六八—一七二。

〈序陳少聰譯著《柏格曼與第七封印》〉台北爾雅出版社，頁一—九。

一九八七

〈遠帆〉（短篇小說）收入《希望我能有條船》台北爾雅出版社，頁一一─一三四。

《在樹林裡放風箏》（哲理小品）台北爾雅出版社，二〇一頁。

《東西看》（馬森文論二集）台北圓神出版社，二四五頁。

〈我的房東〉收入《海的哀傷》（海外作家散文選）台北希代書版公司，頁一五九─一六八。

《電影．中國．夢》（評論）台北時報出版公司，二九八頁。

〈緣〉（散文）收入龍應台《野火集外集》台北圓神出版社，頁二八九─二九五。

"L'Ane du père Wang"刊於法國雜誌 *Aujourd'hui la Chine*, No.44, pp.54-56.

《墨西哥憶往》（散文）台北圓神出版社，一九六頁。

〈一抹慘白的街景〉（短篇小說）收入《街景之種種》台北道聲出版社，頁一一一─一三一。

〈電影對小說的影響〉（評論）收入《七十五年文學批評選》台北爾雅出版社，頁一〇一─一一四。

一九八八

《腳色》（劇作集）台北聯經出版事業公司，二九一頁。

《巴黎的故事》（短篇小說）台北爾雅出版社，一九八頁。

《中國民主政制的前途》（馬森文論三集）台北圓神出版社，二九六頁。

《大陸啊！我的困惑》（隨筆）台北聯經出版事業公司，一七八頁。

《樹與女》（當代世界短篇小說選，編）台北爾雅出版社。三〇八頁。

〈鴨子〉（短篇小說）收入《中國當代短篇小說選》香港新亞洲文化基金會，頁一一〇—一一四。

《墨西哥憶往》（盲人點字書與錄音帶）香港盲人協會

〈世界文學新象——現代小說的發展趨勢〉（演講）收入《講座專輯》（3）台中市立文化中心，頁七二—八二。

一九八九

"Father Wang's Donkey"（translated by Michael Bullock）, *PRISM International*, Canada, January, Vol.27. No.2, pp.8-12.

"The Theatre of the Absurd in Mainland China: Gao Xingjian's The Bus Stop", *Issues & Studies*, Vol, 25, No. 8, pp. 138-148.

〈迷失的湖〉（短篇小說）收入《愛情的顏色》台北合志文化公司，頁一三三—一五八。

〈旋轉的木馬〉（短篇小說）收入《愛情的顏色》台北圓神出版社，頁四一—五九。

〈父與子〉（短篇小說）收入《親情之書》台北林白出版社，頁一三五—一四七。

〈父與子〉、〈孤絕〉（短篇小說）收入《中華現代文學大系》（小說卷貳）台北九歌出版社，頁五二七—五五一。

〈花與劍〉（劇作）收入《中華現代文學大系》（戲劇卷壹）台北九歌出版社，頁一〇七—一三五。

〈電影對小說的影響〉（評論）收入《中華現代文學大系》（評論卷壹）台北九歌出版社，頁五六一—五七〇。

《國學常識》（與邱燮友等合著）台北東大圖書公司，六一三頁。

〈生年不滿百〉、〈愛的學習〉、〈快樂〉、〈多一點與少一點〉、〈漫步在星雲間〉（散文）收入《向未來交卷》台中晨星出版社，頁一七七—一八五。

一九九〇

《繭式文化與文化突破》（馬森文論四集）台北聯經出版事業公司，二三六頁。

"The Celestial Fish"（translated by Michael Bullock），*PRISM International*, Canada, January 1990, Vol.28. No.2, pp.34-38.

〈雲的遐想〉、〈在樹林裡放風箏〉（散文）收入《台灣當代散文精選》① 台北新地文學出版社，頁二〇九—二一一。

〈兩次苦澀的經驗〉（散文）收入《人生五題》台北正中書局，頁一〇〇—一〇七。

〈藝術的退位與復位——序高行健《靈山》〉台北聯經出版事業公司，頁一—一二。

〈中國現代戲劇的兩度西潮——從台灣的舞台發展說起〉收入《台灣香港暨海外華文文學論文選》福州海峽文藝出版社，頁一八二—一九五。

"The Anguish of a Red Rose"(translated by Michael Bullock), *MAT RIX*(Toronto, Canada), Fall 1990. No. 32, pp. 44-48.

《中國大陸的荒謬劇——以高行健的《車站》為例》（論文）《文訊》第五十八期，頁七三一—七六；第五十九期，頁八四—八六，民國七十九年八月九日。

《演員劇場與作家劇場》（論文）《中外文學》第十九卷第五期，民國七十九年十月，頁六七—八六。

《燈下》（故事）收入劉小梅編《攀登生命的高峰》台北業強出版社，頁九七—一〇一。

《愛的學習》（馬森文集．散文卷1）台南文化生活新知出版社，二七九頁。

《兒子的選擇》（極短篇）收入《爾雅極短篇》台北爾雅出版社，頁四一—四四。

《西潮東漸與中國新劇的誕生》（論文）《文訊》第六十四期，頁五八—六二；第六十五期，頁五一—五三，民國八十年二月及三月。

《台灣早期的新劇運動》（論文）《新地》第二卷第二期，民國八十年六月五日，頁一七二—一九二。

一九九一

《當代戲劇》（戲劇論集）台北時報文化出版公司，三五〇頁。

《中國現代戲劇的兩度西潮》（馬森文集．戲劇卷1）台南文化生活新知出版社，四一一頁。

《在樹林裡放風箏》、《雲的遐想》（散文）收入《台灣藝術散文選》（二）天津百花文藝出版社，頁二二二—二三〇。

《當代最佳英文小說》導讀Ｉ（與熊好蘭合編合譯）台南文化生活新知出版社，二三七頁。

《當代最佳英文小說》導讀II（與熊好蘭合編合譯）台南文化生活新知出版社，二一七頁。

〈序張啓疆《如花初綻的容顏》〉台北聯合文學出版社，頁一—四。

"Thoughts on the Curent Literary Scene", *Rendition* (A Chinese-EnglishTranslation Magazine), Nos. 35&36, Spring & Autumn 1991, pp. 290-293.

〈序蔡詩萍《三十男人手記》〉台北聯合文學出版社，頁一—九。

〈中國文學中的戲劇世界〉（演講）收入《人生的知慧》（文化講座專輯2）台南縣立文化中心，頁一八一—一九一。

〈演員劇場與作家劇場〉（論文）收入《文學與美學》第二集　台北文史哲出版社，頁三一一—三二八。

《小王子》（翻譯法國聖德士修伯里原著）台南文化生活新知出版社，一一八頁。

〈放在天空中的風箏：談社會學與文學〉（電視演講）收入《文學與人生》華視文化公司，頁八三—一一五。

〈兒子的選擇〉（散文）收入江兒編《快樂藍調》台中晨星出版社，頁二七—三〇。

"The Theater of the Absurd in Mainland China: Kao Hsing-chien's *The Bus Stop*" in Bih-jaw Lin (ed.), *Post-Mao Sociopolitical Changes in Mainland China: The Literary Perspective*, Taipei, Taiwan, National Chengchi University, pp. 139-148.

一九九二

《巴黎的故事》（馬森文集・小說卷1）台南文化生活新知出版社，一九〇頁。

《夜遊》（馬森文集・小說卷2）台南文化生活新知出版社，四一三頁。

〈「台灣文學」的中國結與台灣結——以小說為例〉（評論）《聯合文學》第八十九期，民國八十一年三月，頁一七三—一九三。

〈序王雲龍《鄉土台灣》〉台南文化生活新知出版社，頁一—二。

〈尋夢者〉（短篇小說）收入《洪醒夫小說獎作品集》台北爾雅出版社，頁二一—二九。

〈我在師大的日子〉（散文）收入《繁華猶記來時路》台北中央日報出版部，頁九七—一〇四。

《孤絕》（台灣當代名家作品精選集・小說系列）北京人民文學出版社，二六四頁。

《東方戲劇・西方戲劇》（馬森文集・戲劇卷2）台南文化生活新知出版社，四二九頁。

〈情境的魅力〉（評論）收入《極短篇美學》台北爾雅出版社，頁二一九—二二二。

《潮來的時候》（台灣及海外作家新潮小說選，與趙毅衡合編）台南文化生活新知出版社，三二七頁。

《弄潮兒》（中國大陸作家新潮小說選，與趙毅衡合編）台南文化生活新知出版社，三六九頁。

〈給兒子的一封信〉（散文）收入《拿世界來換你》台中晨星出版社，頁九七—一〇三。

〈現代小說的一些流派〉（演講）收入《傾聽與關愛——文化講座專輯3》新營台南縣立文化中心，頁一五二—一六八。

〈中國現代舞台上的悲劇典範——論曹禺的《雷雨》〉（論文）《成大中文學報》第一期，民國八十一年十一月，頁一〇七—一二四。

一九九三

〈「台灣文學」的中國結與台灣結——以小說為例〉（評論）收入《當代台灣文學評論大系．文學現象》台北正中書局，頁一七三—一三三。

〈電影對小說的影響——評《小鎮醫生的愛情》〉（評論）收入《當代台灣文學評論大系．小說批評》台北正中書局，頁四四五—四五五。

〈台灣文學中的中國結與台灣結〉（演講）收入《講座專輯八》高雄市立中正文化中心管理處，頁一二一—一七二。

〈文化的躍升〉（舞評）收入《雲門舞話》台北雲門舞集基金會，頁二〇七—二一三。

〈台灣文學的地位〉（評論）《當代》第八十九期，民國八十二年九月，頁五六—六八。

〈現代戲劇〉（導讀）收入邱燮友等編著《國學導讀》（五）台北三民書局，頁三三五—三八一。

一九九四

《M的旅程》（短篇小說集）台北時報出版公司，二一二頁。

《北京的故事》（新版）台北時報出版公司，二六四頁。

〈序裴在美《無可原諒的告白》〉台北聯合文學出版社，頁五—一二。

〈序李苑怡 Innocent Blues〉作者自印，頁一—四。

〈現代戲劇〉（講稿）收入《文藝休閒說帖》國立彰化師範大學，頁一三七—一四六。

〈桂林之美，灕江水〉（散文）收入瘂弦編《散文的創造》（上）台北聯經出版事業公司，頁六二—六四。

《西潮下的中國現代戲劇》台北書林出版公司，四一七頁。

〈中國話劇的分期〉、〈中國現代舞台上的悲劇典範——論曹禺的《雷雨》〉（論文）收入黃維樑編《中國現代文學論文集》香港公開進修學院，頁二九三—三三七。

〈對「後現代劇場」的再思考與質疑〉（評論）《中外文學》二七一期，頁七二—七七。

〈窖鏹〉（短篇小說）收入鄭麗娥編《當代小說家精選集：露水》台北時報文化出版公司，頁四一—四八。

一九九五

《馬森作品選集》台南文化中心，四三二頁。

〈哈哈鏡中的映象——三十年代中國話劇的擬寫實與不寫實：以曹禺的《日出》為例〉（論文）收入《中國現代文學國際研討會論文集：民族國家論述——從晚清、五四到日據時代台灣新文學》中央研究院中國文哲研究所籌備處，頁二六五—二八一。

〈台灣現代戲劇五十年〉（論文）《聯合文學》第十一卷第十二期（一三二），頁一五八—

一七二。

〈城市之罪——論現代小說的書寫心態〉（論文）收入鄭明娳主編《當代台灣都市文學論》台北時報文化出版公司，頁一七九—二〇三。

〈邊陲的反撲：評三本「新感官小說」〉（書評）《中外文學》十二月第二十四卷第七期（二八三），頁一四〇—一四五。

〈後現代在哪裡？——讀馬建《九條叉路》〉（書評）《聯合文學》十二月號第十二卷第二期（一三四），頁一三六—一三七。

一九九六

〈評鍾明德《從寫實主義到後現代主義》〉（書評）《中外文學》一月第二十四卷第八期（二八四），頁一四四—一四九。

《腳色》（修訂新版）台北書林出版公司，三六〇頁。

〈誰來為張愛玲定位？——評《張愛玲小說的時代感》〉（書評）《中外文學》三月號第二十四卷第十期（二八六），頁一五五—一五九。

〈八〇年來台灣現代戲劇的西潮與鄉土〉（論文）《成大中文學報》第四期，頁九五—一〇八。

〈八〇年以來的台灣小劇場運動〉（論文）《中文外學》五月第二十四卷第十二期（二八八），頁一七—二五。

《我們都是金光黨》（劇作）《聯合文學》六月號第十二卷第八期（一四〇），頁一一七—一五五。

〈現代舞台劇的語言〉（論文）收入彭小妍編《認同、情慾與語言》，中央研究院中國文哲研究所籌備處，頁二一一—二三三。

〈掉書袋的寓言小說——評西西《飛氈》〉（書評）《聯合文學》八月號第十二卷第十期（一四二），頁一六八—一七〇。

〈講不完的北京的故事〉（序《北京鳥人》）台北新新聞文化公司，頁五—一一。

〈序朱少麟《傷心咖啡店之歌》〉台北九歌出版社，頁一—九。

〈從寫作經驗談小說書寫的性別超越〉（論文）收入鄭振偉編《女性與文學：女性主義文學國際研討會論文集》香港嶺南學院現代中文文學研究中心，頁一一五—一二三。

〈有關牟宗三先生的幾件小事〉（散文）收入蔡仁厚、楊祖漢主編《牟宗三先生紀念集》台北東方人文學術研究基金會，頁四七九—四八三。

一九九七

Flower and Sword (Play Translated by David Pollard) in Martha P.Y. Cheung and Jane C. C. Lai (ed.), *Contemporary Chinese Drama*, Hong Kong,Oxford University Press, pp. 353-374.

〈尤乃斯柯與聯副〉收入瘂弦主編《眾神的花園——聯副的歷史記憶》台北聯經出版公司，頁一六七—一七〇。

〈中國現代戲劇的曙光——追悼曹禺先生〉《聯合文學》一月號第十三卷第四期（148），頁一〇七—一一一。

〈自剖與獨白——序林明謙《掛鐘、小羊與父親》〉台北皇冠文化出版公司，頁三—八。

〈性與關於性的書寫：評鄭清文《舊金山、一九七二——一九七四的美國學校》〉《中外文學》三月號第二十五卷第十期（298），頁二三—二七。

〈五四前後文學社團的𡚒起與發展〉《中國現代文學理論季刊》第五期，頁三八—五一。

〈鄉土VS.西潮——八〇年以來的台灣現代戲劇〉（論文）收入國立台灣師範大學主編《第二屆台灣本土文化國際學術研討會論文集——台灣文學與社會》國立台灣師範大學，頁四八三—四九五。

〈王敬羲的小說——序王敬羲《囚犯與蒼蠅》〉廣州花城出版社，頁一—五。

〈唯美作家沈從文的小說〉（論文）《成功中文學報》第五期，頁二〇三—二二〇。

《我們都是金光黨／美麗華酒女救風塵》（劇作）台北書林出版公司，一六四頁。

〈姚一葦的戲劇〉（評論）《聯合文學》一月號第十三卷第八期（152），頁五一—五五。

〈現代戲劇〉（史述）收入《中華民國史文化志（初稿）》國史館編印，頁六七一—七一八。

《二十世紀中國新文學史》（與皮述民、邱燮友、楊昌年合著）板橋駱駝出版社，七六六頁。

《燦爛的星空——現當代小說的主潮》（評論集）台北聯合文學出版社，三七七頁。

一九九八

〈從寫實主義到現代主義：論郁達夫小說的承傳地位〉（論文）《成功大學學報》第三十二卷，頁二九—四二。

〈寫實小說中的方言——以朱西甯的小說為例〉（評論）五月香港《純文學》復刊第一期，頁三七—四一。

〈從女性解放到回歸傳統——《莎菲女士的日記》及其他〉（評論）六月香港《純文學》復刊第二期，頁三二—三七。

〈沈從文以文字作畫〉（評論）十月香港《純文學》復刊第六期，頁六六—七四。

〈台灣小劇場的回顧與前瞻〉（論文）十一月香港《純文學》復刊第七期，頁五二—六一。

主編「現當代名家作品精選」，板橋駱駝出版社出版。首批出版胡適等著《文學與革命》、魯迅著《狂人日記》、郁達夫著《春風沉醉的晚上》、周作人著《神話與傳統》。繼出版丁西林著《親愛的丈夫》、茅盾著《林家鋪子》、沈從文著《邊城》、徐志摩著《徐志摩情詩》。

一九九九

〈台灣小劇場的回顧與前瞻〉（第二屆華文戲劇節研討會論文）上海《戲劇藝術》一九九九年第一期（總87期），頁二七—三三。

〈序李郁《天狼星上昇》〉桃園大麥出版社。

〈紀念老舍先生——為「老舍先生百年紀念」而寫〉香港《純文學》復刊第十期，頁九八

—一〇三。

〈二度西潮的弄潮人——論姚一葦《姚一葦戲劇六種》〉（評論）收入陳義芝編《台灣文學經典研討會論文集》台北聯經出版公司，頁四一五—四二四。

主編「現當代名家作品精選」系列：老舍《駱駝祥子》、丁玲《莎菲女士的日記》、老舍《茶館》、林海音《春風》、朱西甯《朱西甯小說精品》、陳若曦《清水嬸回家》、洛夫《形而上的遊戲》板橋駱駝出版社。

〈序石光生《石光生散文集》〉台南市文化中心。

《追尋時光的根》（散文集）台北九歌出版社，二七二頁。

〈綠天與棘心——敬悼蘇雪林老師〉香港《純文學》復刊第十四期，頁六一—六三。

〈一種另類的現代文學史觀——論蘇雪林教授《中國二三十年代作家》〉（紀念蘇雪林教授兩岸學術研討會論文）《聯合文學》第十五卷第十二期（180），頁一三八—一四四。

〈含苞待放——二十世紀的台灣現代戲劇〉（史述）《文訊》第一六九期，頁二六—三四。

二〇〇〇

〈現代戲劇在台灣的美學走向〉（論文）收入《東方美學學術研討會論文集》國立歷史博物館出版，頁一七三—一九二。

〈尋夢者〉（短篇小說）收入王德威編《爾雅短篇小說選》第二集，台北爾雅出版社，頁三五七—三六四。

〈西潮的中斷——抗戰時期的純文學〉（史述）《聯合文學》第十六卷第九期（189），頁一二三—一二六。

〈台灣小劇場的回顧與前瞻〉（第二屆華文戲劇節——香港 1998——研討會論文）收入方梓勳編《新紀元的華文戲劇——第二屆華文系季節（香港 1998）研討會論文集》香港戲劇協會、香港戲劇工程出版，頁八九—九九。

《孤絕》（短篇小說集，新版）台北麥田出版社，二六八頁。

〈從現代主義到後現代主義——台灣「新戲劇」以來的美學商榷〉（第三屆華文戲劇節研討會論文）《聯合文學》第十六卷第十一期（191），頁六八—七八。

〈天魚〉（短篇小說）收入張曉風編《小說教室》台北九歌出版社，頁二五九—二六七。

〈情色與色情文學的社會功用〉（論文）收入國立台灣師範大學國文系主編《解嚴以來台灣文學國際學術研討會論文集》台北萬卷樓圖書公司，頁一七三—一九二。

〈一種另類的現代文學史觀——論蘇雪林教授《中國二三十年代作家》〉（論文）收入杜英賢主編《海峽兩岸蘇雪林教授學術研討會論文集》，高雄財團法人亞太綜合研究院、永達技術學院出版，頁二四五—二六二。

《戲劇——造夢的藝術》（馬森文論五集）台北麥田出版社，四〇〇頁。

《小王子》（翻譯法國聖德士修伯里原著，新版）台北聯合文學出版社，一七二頁。

《夜遊》（長篇小說，新版）台北九歌出版社，四〇六頁。

二〇〇一

"The Theatre of the Absurd in China: Gao Xingjian's *Bus-Stop*" in Kwok-kan Tam (ed.),*Soul of Chaos: Critical Perspectives on Gao Xingjian*, Hong Kong, The Chinese University Press, pp.77-88.

《陽台》（劇作），《中外文學》第三十卷第一期，頁一八二—一九一。

《窗外風景》（劇作），《聯合文學》第十七卷第九期（201），頁一三一—一四八。

〈中國現代文學的兩度西潮〉，南京大學主辦「中國現代文學傳統國際學術研討會」論文。

二〇〇二

《文學的魅惑——馬森文論六集》台北麥田出版社，三九六頁。

《蛙戲》（兩景九場歌舞劇）前半部在《自由時報副刊》刊出。

《台灣戲劇：從現代到後現代》，佛光人文社會學院出版，三〇〇頁。

〈綠波橫渡〉（橫渡日月潭紀實），《聯合報副刊》。

〈從現代主義到後現代主義——台灣「新戲劇」以來的美學商榷〉，收入《華文戲劇的根、枝、花、果——第三屆華文戲劇節學術研討會論文集》，頁二四五—二六一。

〈從符號學的觀點看荒謬劇的典範變革：後現代美學的濫觴〉，《佛光人文社會學刊》第三期，頁六七—七七；台灣藝術大學《海峽兩岸及香港地區當代劇場研討會論文集》，頁六三—七六。

〈一個失去的時代〉，收入李瑞騰、夏祖麗主編《一座文學的橋——林海音先生紀念文集》，頁九一—九三。

〈中國現代文學的兩度西潮〉，收入南京大學中國現代文學研究中心主編《中國現代文學傳統》，北京人民文學出版社，頁一七八—一八七。

二〇〇三

〈呱〉（短篇小說）《聯合文學》第二二九期，頁五七—六三。

〈美好的時光〉（短篇小說）在《中國時報人間副刊》發表。

〈跨世紀台灣小說成績單〉（九歌《中華文學大系1990-2003．小說卷》序言）在《自由時報副刊》發表。

〈何處是吾家？〉在《聯合報副刊》發表。

《在大蟒的肚裡》（劇作），收入王友輝、郭強生主編《戲劇讀本》，台北二魚文化，頁三六六—三七九。

〈小說卷序〉，《中華文學大系1990-2003》，台北九歌出版社。

〈北京的時代新女性〉，張抗抗長篇小說《作女》序，台北九歌出版社。

二〇〇四

「府城的故事」系列前三篇〈迷走的開元寺〉、〈煞士臨門〉、〈無可迴轉的時光〉在《印刻文學生活誌》第六期發表。

〈美好的時光〉收入顏崑陽主編九歌《九十二年散文選》，台北九歌出版社，頁三六五—

三六九。

〈台灣現代戲劇五十年〉（論文）收入中國文化大學中文系所主編《回顧兩岸五十年文學學術研討會論文集》上冊，中國文化大學出版部，頁一四七—一八二。

「府城的故事」〈來去大億麗緻〉在《中國時報人間副刊》發表。

「府城的故事」〈蟑螂〉在《聯合報副刊》發表。

〈為台灣「苦難靈魂」發聲〉，石光生劇作《福爾摩SARSs／2003我們不是這樣長大的／2002》序，台北書林出版公司。

八月九日，「府城的故事」〈電梯〉在《聯合報副刊》發表。

十一月，〈遺忘〉收在張寶琴主編《聯合文學20年短篇小說選》，聯合文學出版社，頁九一—一四。

十一月十七至十八日，散文〈秋日紀事〉在《中央日報副刊》發表。

十二月，「府城的故事」〈黑輪．米血．關東煮〉《聯合文學》第二十一卷第二期，頁一〇二—一二二。

二〇〇五

二月一至二日，「府城的故事」〈燦爛的陽光〉在《中國時報人間副刊》發表。

五月，「府城的故事」〈河豚〉在《印刻文學生活誌》發表，頁二二〇—二二九。

七月四至五日，「府城的故事」〈新居〉在《聯合報副刊》發表。

八月八至九日，散文〈春日紀遊〉在《中央日報副刊》發表。

十月，專題講稿〈海外華文與移民華文文學〉《聯合文學》第二五二期，頁九〇—九二。

十二月，散文〈冬日紀病〉《聯合文學》第二五四期，頁一二五—一三〇。

二〇〇六

四月一日，《巴黎的故事》、《生活在瓶中》新版，台北印刻出版公司，二一二及二三七頁。

九月，《東亞的泥土與歐洲的天空》（遊記），台北聯合文學出版社，二〇〇頁。

十二月，《中國戲劇的兩度西潮》（再修訂版），台北聯合文學出版社，三一三頁。

二〇〇七

一月，〈為曉風的戲劇定位〉（序《曉風戲劇集》），台北九歌出版社，頁二九—三四。

二月，《維城四紀》（散文集），台北聯合文學出版社，一七一頁。

三月，〈夏日紀趣〉收在蕭蕭編《九十五年散文選》，台北九歌出版社，頁二二七—二四〇。

七月，〈突破擬寫實主義的先鋒：論姚一葦劇作的戲劇史意義〉（論文），北藝大《戲劇學刊》第六期，第6號「姚一葦與台灣戲劇專輯」，頁七—一九。

二〇〇八

五月，《府城的故事》，台北印刻出版公司，二五二頁。

INK PUBLISHING
馬森小說集 8

府城的故事

作　　者　馬　森
總 編 輯　初安民
責任編輯　施淑清
美術編輯　張薰芳
校　　對　吳美滿　施淑清　馬森

發 行 人　張書銘
出　　版　INK 印刻文學生活雜誌出版有限公司
台北縣中和市中正路 800 號 13 樓之 3
電話：02-22281626
傳真：02-22281598
e-mail:ink.book@msa.hinet.net
網　　址　舒讀網 http://www.sudu.cc

法律顧問　漢廷法律事務所
劉大正律師
總 代 理　展智文化事業股份有限公司
電話：02-22533362・22535856
傳真：02-22518350
郵政劃撥　19000691 成陽出版股份有限公司
印　　刷　海王印刷事業股份有限公司

出版日期　2008 年 5 月 初版
ISBN　978-986-6631-06-1

定價　260 元

國家圖書館出版品預行編目資料

府城的故事／馬森.
--初版.--台北縣中和市：INK 印刻文學，2008.5
面；　公分.--（馬森小說集；8）
ISBN 978-986-6631-06-1（平裝）

857.63　　97006037